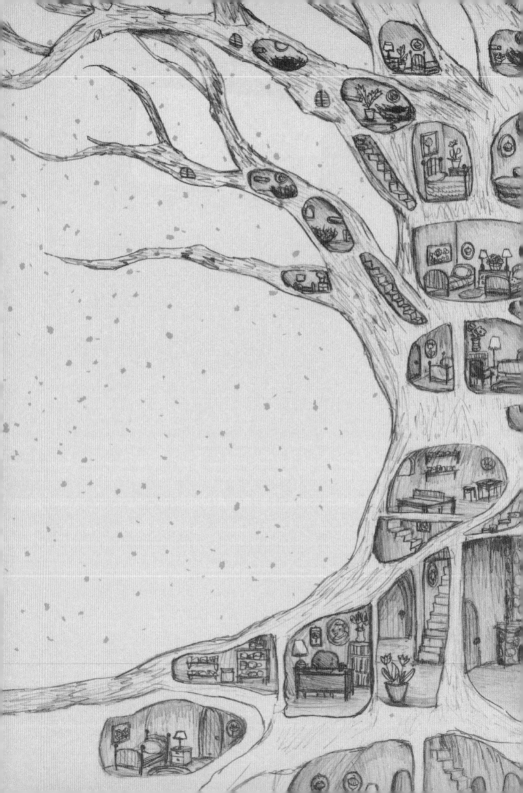

Heartwood Hotel

樹旅館

尋找真正的家

凱莉・喬治 Kallie George　著

史蒂芬妮・葛瑞金 Stephanie Graegin　繪

黃筱茵　譯

 各界暖心好評

這是個很溫暖的故事，能撫慰心裡有傷痕的孩子或大人，有點像《小王子》，不同年紀的人讀起來會有各自的味道。

——Tey Cheng（臉書「小學生都看什麼書」社團管理員）

這是一則溫暖的古典童話。 藉由小老鼠莫娜的遭遇，探討了勇敢、友情、責任、歸屬的主題。故事筆調輕鬆迷人，全書就像樹旅館一樣，充滿療癒的氣息。

——亞 平（童書作家）

動物世界裡也有如人類的現實生活，故事裡的各主角定義了各種角色的特質，讓讀者在不知不覺中也增長知識，更明白了真誠能迎來溫暖、忘卻寂寞，利他是利己最好的方法。

——周理慧（全國super教師·星雲典範教師·師鐸獎得主）

細微是真相的體現。樹旅館帶來生命百態，看小老鼠莫娜如何用溫暖串流旅館規定，陪伴每一位過往來去的旅客，提供最貼心的服務，或者該說，是——友誼。

——陳櫻慧 （童書作家暨思多力親子成長團隊召集人）

整本書讓我們看見溫暖與良善，也讓我們發現，即便是小巧可愛的老鼠，也有莫大的智慧及勇氣。

——傅宓慧 （桃園市龍星國小圖書推動教師·教育部閱讀推手獎得主）

書中談論關於失去、自信心的學習，隱約中也談到一些「霸凌」的問題，對於學校或班級圖書館選書來說，都是很好的議題。

——《Carla Love Store》 （網站書評）

天性善良的小老鼠莫娜，完整體現這間旅館所秉持的服務精神：我們堅持「保護與尊重，絕不以爪牙相向」。

——《出版人週刊》 （Publisher's Weekly）

適合孩子自己閱讀，也適合親子共讀的故事書。不斷的冒險與尋求信任，並且依靠直覺來解決問題，動物們同心齊力，讓樹旅館及住客享有安全又愉快的時光。

——《Dad of Divas》 (網站書評)

迷人的擬人角色塑造，有趣詼諧的危機和外界來的威脅，營造劇情的起伏。精美的鉛筆配圖傳達旅館帶給人的舒適感受。

——《柯克斯書評》 (Kirkus Reviews)

可愛的森林故事，談到了友誼、勇氣、克服挑戰，以及體會「家」的意義。樹旅館帶領讀者進入森林深處，認識了不同動物（甚至還有昆蟲）。細膩的插畫，有趣的情節，你會希望能在莫娜與她的森林好友陪伴下，花更多一點時間來細細回味這本書。

——《Mundie Kids》 (網站書評)

莫娜與提莉間的友誼建立過程，是串起所有故事情節的關鍵，特別能引起孩子的共鳴，因為孩子在交朋友過程中，同樣也會有遲疑、被誤解、不知如何化解尷尬的情況。孩子特別能接受這類擬人化的動物故事，一般人在小型的社會中如何自處，比起英雄式的冒險故事，更貼近孩子的生活。

──《CM Review》（網站書評）

 導讀

沉浸在自然與愛的驚奇裡

黃筱茵 （本書譯者）

　　《樹旅館》系列故事，描述失去父母的小老鼠莫娜來到樹旅館，憑藉著勇氣與愛，化解各種危機，讓樹旅館成為自己全心擁抱的「家」的動人過程。這套作品兼具自然文學的優點與冒險故事的趣味，同時也可說是莫娜的成長故事，流暢清新，生動自然，翻開書頁就令人愛不釋手的想一口氣看完。

　　莫娜戰戰兢兢的來到樹旅館，認識了旅館裡許多個性鮮明的員工，還有形形色色的住客，大家的友誼與關懷，讓莫娜不再失落迷惘。不過，最重要的是，莫娜也用她的真心真意，樂於提供協助的熱忱，守護了樹旅館，和沒有血緣關係、卻彼此相知相惜的一群「家人」，共同創造了「真正的家」。

　　《樹旅館》共有四集，依循季節的流轉，以及蕨森林四季的生態變化，我們一起進入高潮迭起、溫馨又融入冒險與

挑戰的故事情節。莫娜一次次遭遇驚心動魄的事件：賴以棲身的家，被大水沖走；遇見狼群，好在靠智取保護了大家；在足以致命的大雪中，奮不顧身的營救好友；森林火災迫近時，先是撤離旅館，隨後又不顧自身安危，返回旅館勸離賀伍德先生。莫娜不但屢次化險為夷，度過危機，最令人感動的是，她的心靈在歷經各種試煉與磨難後，愈發堅強。從她看見樹旅館的門上刻著與自己行李箱上同樣的一顆心之後，發現爸媽與樹旅館可能有淵源，莫娜熱切的想透過這些收集到的訊息，捕捉自己與爸媽間的連結。莫娜在樹旅館工作時，更與松鼠提莉成為情同姊妹的好友。起初，莫娜認為提莉討厭她，後來才明白，提莉對待她的態度有其緣由，原來提莉之前也痛失家人，她們的生命經驗同樣辛酸又堅韌。

　　作者細膩描寫每個角色的心境與性格，也是這個系列的一大特色。個性衝動活潑的提莉看似愛抱怨，其實她最能理解莫娜想要追尋家的心情；莫娜令人印象深刻的膽識，可歸因於她深具同理心，不論對方是身形巨大的熊或者啃著旅館大門花圈的鹿。當提莉與弟弟亨利久別重逢，莫娜很擔心自己不再是提莉最重要的朋友，那種又期待、又怕受傷害、又不願承認心裡惶恐不安的擔憂，道出友情與愛如何牽絆著我們的心。此外，對於保護蕨森林小動物充滿使命感的旅館

愛的可能，以及對於家的盼望。《樹旅館》的情節環繞著對於家的思辨開展。失去了住所，還能在另一個地方重新找到家嗎？失去了親人，能以友誼與信任來建立新的關係與連結嗎？愛的關係一定要獨占才代表絕對嗎？心靈相知相繫的情感與惦念，是否能構築心所嚮往、提供溫暖與力量的家呢？

莫娜多次奮不顧身的守護樹旅館、員工與住客，彰顯了她對這群新／心靈家人的看重，因為這間庇護了蕨森林無數弱小動物的旅館（包括莫娜的親生父母），是莫娜願意用生命保衛的家。

除了大大小小的動物，《樹旅館》對昆蟲也有非常精采的著墨。從故事第一集戴著時髦眼鏡的《松果日報》祕密訪查員、夢遊的瓢蟲家族，到慶典時博得滿堂彩的螢火蟲團隊，與螢火蟲聯手擊退貓頭鷹的蜜蜂……每一段描摹都滿溢著驚奇！集合知性與感性的筆觸，還有對於自然與所有生命豐沛的知識與愛，創造出雋永甜美的故事篇章。閱讀《樹旅館》，你一定會感覺自己沉浸在滿滿的幸福微光裡，流連忘返。

目次

獻給路克

家就是你的心所在的地方，我的心永遠與你同在。

——凱莉・喬治

獻給特瑞莎與蘇菲亞

——史蒂芬妮・葛瑞金

Heartwood Hotel

樹旅館

尋找真正的家

角色簡介

賀伍德先生 旅館老闆

溫文儒雅的獾。他為了讓所有動物有個安全的地方可以休息，因此開設了樹旅館。「我們堅持『保護與尊重，絕不以爪牙相向』。」這是樹旅館的服務精神。

莫娜 服務生

熱血小老鼠。莫娜是樹旅館的新進員工，雖然她是個子最小的一個，但是全心全意盡最大的努力，為所有顧客服務與著想。

提莉 服務生領班

脾氣不太好的紅毛松鼠。提莉負責所有客房的清潔與服務，也負責指導莫娜如何整理房務。

希金斯太太 旅館管家

和藹的刺蝟。旅館內的各種行程安排都由希金斯太太負責管理，她做事謹慎、有條理。

希金斯先生 園丁

貼心的刺蝟。希金斯先生管理旅館的花園，會細心的為住客準備喜愛的植物，讓客房有「家」的感覺。

吉爾斯先生 櫃檯接待

非常注重儀表的蜥蜴。吉爾斯先生負責客房預約及入住的行政工作，他以能在樹旅館工作為榮。

刺刺女士 廚師

廚藝高超的豪豬。刺刺女士受到大家喜愛，不僅是因為她烤的種子蛋糕很好吃，更因為她總是帶給大家溫暖。

瑪姬與莫瑞斯 洗衣房的員工

雙胞胎的兔子兄妹。瑪姬與莫瑞斯為所有住客準備客製化的寢具，從羽毛製成的巢，到葉子編成的毯子，全都包辦。

湯尼 警衛

隨時待命的啄木鳥。湯尼負責全天候注意旅館四周是否有可疑動物出沒。只要有湯尼，大家都放心。

西布莉小姐 客座歌手

聲音清亮的燕子。西布莉小姐是旅館的住客，因為迷人的歌聲而應賀伍德先生邀請，擔任冬季的客座歌手。

小老鼠莫娜

家就是心所在的地方，小老鼠莫娜是這樣聽說的。可是莫娜從來就沒有家——至少從來沒有過一個能維持很久的家。她住過滿是灰塵的稻草堆、被鳥兒拋棄的巢，或是長刺的灌木叢——在她短短的生命歷程中，住過的地方比臉上長的鬍鬚還要多。此刻，她最新找到的家，是一截被暴風雨沖出來的空心老樹椿。

她在夏天的時候找到這截樹椿，內部已經有一張蘑菇桌子，一旁還有小溪流過，居住條件好到太不真實。怎麼可能沒有其他動物把這裡當做自己的家呢？

現在，莫娜終於知道原因了。她蹲在樹樁的角落害怕得發抖，呆呆望著大水沖進來。覆滿青苔的床被大水圍住，水流不停拍打著桌子，像是在威脅著要沖走她的行李箱，莫娜立刻伸手抓住行李箱。

　　這個行李箱是爸爸、媽媽留給她的唯一東西。它是由一只小小的核桃殼做成，箱子上面刻了一顆小小的心。

　　又該搬家了！她一面想著，一面重重嘆了一口氣。

她緊緊的握著行李箱把手，涉水跨出樹樁，走進暴風雨中。

雨打在蕨森林的樹群間，樹木剛開始換上秋天的顏色。莫娜從鼻子到尾巴，很快被雨淋得濕透。她每踩一步，爪子就陷進溼答答的土裡。

應該往哪個方向走呢？她心想。往右走，有一座農場，可是離這裡還有好一段距離，而且農場裡有一隻貓……她之所以會知道，是因為她曾經試過想住在那裡。所以，她要嘛選擇往左走，要嘛只能直直向前走。

就在她正要向前走的時候，「喇！」閃電一亮，嚇得莫娜往左一跳。既然這樣……那就往左吧。她往森林更深處走，在小樹枝跟落葉間跳來跳去，試著不去踩滿地的泥巴。

要是能有顆石頭，讓她挖個洞穴，躲在底下就好了，或者是一叢蘑菇，就算是一棵空心的樹也好。可是這裡什麼都沒有，連其他動物也全都不見蹤影。莫娜

心想，大家一定都躲在各自的家裡，安全的避開了暴風雨。

她的兩隻耳朵很快就積滿了雨水。她甩掉耳朵裡的水滴，卻只讓可怕的暴風雨聲音聽起來更清楚。狂風不停的呼嘯而過，帶來了嗥叫的聲音——是狼！

莫娜忍不住大聲尖叫，加快腳步繼續往前跑。狼群的嗥叫聲再度傳來，聲音聽起來很遙遠，可是那是狼啊，只要是小動物，沒有一個不怕狼。他們是絕對不能信任的獵食者，狼最壞了。

雨下得更大了。她會就這樣離開這個世界嗎——就跟她爸爸、媽媽一樣，被暴風雨捲走嗎？要是她能緊緊抓住某個東西、穩住自己，或者有誰能站出來安慰她說「一切都會沒事」就好了。可是，莫娜只能靠自己。

就在這個時候，莫娜終於瞧見一個東西：一棵拔地而起、高到看不見樹頂的大樹。而且，這棵樹是空心的！她立刻衝向樹心的開口。

一進到裡面，莫娜立刻就知道：這不是老鼠的家，

是熊的棄窩。現在裡面沒有熊，而且可能很久沒有熊住在裡面了。空氣中依然能聞到淡淡的毛皮、魚，還有莓果的味道，她知道在這個樹洞裡，自己永遠不可能安穩的入睡。**萬一熊回來了怎麼辦？**雖然比起狼，她比較不怕熊。有一段時間，她曾經住在一個離一隻熊不遠的地方，比起吃她，熊更有興趣吃莓果。不過，她也不想在熊窩裡被主人逮住。

於是，莫娜心不甘、情不願的離開樹洞，再度回到暴風雨中。

因雨水而暴漲的小溪阻擋了莫娜的去路，她到處尋找可以橫越小溪的地方，正好瞧見一根樹枝倒在小溪裡。就像所有老鼠一樣，莫娜的平衡感超強，就在她快要橫越小溪的時候，她抬眼往上一看，發現前方黑漆漆的灌木叢裡，有眼睛

盯著她！

莫娜非常肯定，那是狼群發光的眼睛！而且不只是一雙、兩雙或三雙眼睛，而是多到她算也算不清。她緊張的心臟快從喉嚨裡跳出來，一不留意，爪子從樹枝上一滑……**撲通**！莫娜跌進了小溪裡。

嘩！

就這樣，莫娜不是被狼群，而是被小溪吞進肚子裡。小溪大口吞下她，又把她吐出來，將她愈帶愈遠。

她滿嘴都是水，嗆得她又咳又吐。她拼命抓緊在水裡載浮載沉的行李箱，水流帶著她沖向山丘下，經過了灌木叢、蕨類、石頭與樹群，往森林更深處去。

小溪將她愈帶愈遠。她攀上行李箱，眼看一旁的樹木上攀附了愈來愈多青苔、樹愈長愈盤根錯節。她心想，**這裡一定是森林的最深處了**，也是她從來不曾到過的地方。

最後，小溪總算流入一個由許多巨大樹根盤繞圍而成的水池中。其中一條樹根向前延伸，彷彿一隻往前伸

出的大手，莫娜奮力抓住樹根，從水裡爬了出來。

她大口喘氣，抬頭看見眼前聳立著另一棵龐大的樹。龐大似乎還不足以形容這棵樹，它是一棵——**威風凜凜的大樹**。

巨大的樹枝在樹頂呈扇形散開，宛如一頂皇冠。金色的葉子擋住了風雨。樹根之間的青苔非常整齊，看起來就像特意仔細的把不平整的邊緣修剪得服服貼貼。也許真的有誰這麼做也說不定……因為就在她頭頂上方的樹幹上，有一道被刻出來的刻痕。

那是一顆心，就跟她行李箱上的心一樣，只是這顆心中央有著兩個首字母的縮寫。

這是什麼意思？她覺得很納悶。

莫娜很好奇，她慢慢踮起腳尖，忍不住用手摸了刻痕。

喀噠。

心的刻痕往內一縮，樹幹上的一扇門打開了。

橡實節

　　莫娜嚇得吱了一聲，接著她走進了一間明亮又溫暖的房間，房間裡瀰漫烤橡實的香味。

　　對一隻小老鼠來說，這個房間實在很大，大到足夠讓一群小動物在裡面聚會。門的對面是一座沒有生火的石造火爐，火爐上方裝飾著色彩繽紛的樹葉花環。火爐前鋪著一張青苔地毯，地毯周圍有一張長椅子，還有幾張用小樹枝編成的椅子，椅座上厚厚的鋪滿青苔。房間左邊有一張很大的木桌，桌上放著一本大大的書和一枝樹枝鉛筆。蠟燭燈環從天花板垂吊而下，柔和的金黃色

燭光灑滿房間。

莫娜從來沒到過這麼華麗的地方。

這裡是誰的家?她納悶著。可是屋子裡沒見到有誰可以回答她的疑問。

不過,火爐後方似乎傳來微弱的音樂聲與笑聲。莫娜又往前走了幾步,走進房間裡,發現火爐邊有一扇開著的門,聲音就是從那裡傳出來。她開始往門的方向走,可是不一會兒就停下腳步。畢竟她是一隻老鼠,凡

事得小心一點。她小心翼翼的嗅了嗅。

烤橡實的味道聞起來更濃了，會吃烤橡實的動物應該沒什麼危險性。就在這個時候，她從眼尾瞄到火爐上方有一塊告示牌。之前她並沒有看見，因為告示牌有一半被樹葉和花環遮住了。她依稀可以看出告示牌上面寫著：

我們堅持「保護與尊重，絕不以爪牙相向」。

莫娜鬆了一口氣，繼續跟著嗅覺和聽覺走進門。她沿著裝飾著花環的走廊，走向另一扇門。這扇門比前一扇大得多，門上有塊板子，寫著「**宴會廳**」。門微微敞開，大小剛好足夠讓莫娜溜進去。

進門之後又是另一番不可思議的景象，裡面更熱鬧了！有兔子、花栗鼠、松鼠、刺蝟、鳥兒，甚至還有一隻蜥蜴！這當中，體型最大的是一隻獾！他們個個盛裝打扮，跳舞、吃東西、開懷大笑著，不像莫娜渾身泥濘

又溼答答。莫娜緊緊抓著自己的行李箱，害怕的四處張望。她以前曾經在森林裡遇過幾隻動物，卻從來沒有在一個地方同時見到這麼多動物。

　　牆邊有一張桌子上堆滿了食物：蘑菇、杜松子、甘草根，還有橡實——噢，橡實耶！有橡實泥、蒸橡實、炸橡實、橡實湯——料理的樣式多到其中幾種是怎麼煮的，莫娜也認不出來。桌子正中央放著一個巨大的蜂巢，一旁擺放著杯子，好讓大夥兒裝盛蜂蜜來喝。

　　離桌子不遠處，在小小的舞臺上方，橫掛的布條上寫著「**第一屆橡實節：慶祝秋天來臨**」。舞臺上有三隻美麗的深藍色鳥兒低聲輕唱，他們的曲子正好結束，房間裡響起了掌聲。

　　「謝謝你們，謝謝你們！」其中一隻鳥兒說：「我們是藍領結鶯，很榮幸能在我們飛往南方之前，舉辦最後一次的演唱會。大家冒著暴風雨來參加，我們真的好開心！雖然現在外頭還在下雨，但我們會用我們最愛的歌曲，為這裡帶來陽光！請聽〈月亮照耀、太陽升起〉！」

房間裡響起更多掌聲，還伴隨著口哨聲與歡呼聲。鳥兒又唱起另一首歌，大夥兒翩翩起舞，莫娜的腦子也跟著轉個不停。

這些動物都住在這裡嗎？他們是從哪裡來的呢？這時，有一個聲音打斷了她的思緒。

「老鼠小姐，您好。」有一隻蜥蜴站在她面前，向她微微鞠了一個躬。「您在找接待櫃檯嗎？真對不起，我叫吉爾斯，有什麼能為您效勞的嗎？」

莫娜注意到他的脖子上繫著領結，身上掛著一把木製的大鑰匙，鑰匙頂端是心形的。他全身閃閃綠光，彷彿鱗片都上了蠟似的，相當光鮮整齊。他的表情有點猶豫，似乎不想太靠近莫娜，因為她身上的水在腳底下積成了一個滿是泥巴的小水窪。

「我……我……」莫娜結結巴巴的說。

「我很抱歉，今晚恐怕房間已經客滿了。好幾個月之前，訪客就開始預訂橡實節的房間了。您知道嗎？松鴉信差不停捎來的訂房單，都快把我們給淹沒了。您那

時候也應該要派一隻信差過來呀。」

莫娜總算冷靜下來，開口說：「我不曉得耶，我從來沒到過這裡。這裡是哪裡呀？」

「這裡是哪裡？老天，老鼠小姐，這裡是樹旅館啊。」

「你說什麼？」莫娜問。

「這裡是森林這一帶最高級的旅館呀！」吉爾斯驚呼。「樹旅館招待過的貴賓，包括競速冠軍兔子朗道夫先生，還有亨麗耶塔三世松鼠公爵夫人，森林裡最富有的臭鼬也是在此舉辦婚禮。每個季節，旅館會進行盛大的節慶活動，更別說本旅館以讓住客能好好休憩與放鬆而遠近馳名啊。」蜥蜴的舌頭不停探出又縮回，他繼續說著：「沒有任何旅館敢保證住客能不受狼群、土狼和美洲獅騷擾。『睡得安穩，吃得開懷，盡情享受在樹旅館的時光。』是賀伍德先生的座右銘。好啦，其實是他眾多座右銘之一。請您不要讓賀伍德先生知道，您沒聽說過我們的旅館喔，他一定會認為是《松果日報》的

了出來。

莫娜用力吞了一下口水。「噢，拜託您了，我沒有地方可去。我的家被暴風雨沖毀了。拜託……我……我認為狼群就在外頭。」

「我敢肯定這附近沒有狼！」賀伍德先生氣惱的說：「我們這一帶從沒見過那些野獸。他們住在大森林裡，在過了蕨森林的山腳下那邊。」

「不，我不是說他們在附近。」莫娜回答。在小溪將她沖走之前，她曾經見過狼群。原來那個地方就是蕨森林的山腳下嗎？她並不認得森林裡的所有區域，也不曉得該怎麼稱呼每個地方。

「我明白了。」賀伍德先生邊說邊捻著臉頰邊的白鬍鬚。他瞥見莫娜的行李箱，更靠近的盯著箱子看。「是一顆心欸，真巧。」他回過頭，盯著莫娜瞧。

「我一直帶著這個行李箱，」莫娜說，「這以前是我家人用的行李箱。」

「那他們現在在哪裡？」

「很久以前，同樣是在這種狂風暴雨的日子裡，我失去我的家人了……」

「原來如此。」賀伍德先生拉拉自己的鬍鬚，眼裡滿是不安。「所以，這樣的暴風雨襲擊了森林不只一次，而是有兩次……」他看起來好像還有什麼話要說，但最後卻只是更加用力的拉了拉鬍鬚，然後回頭望著派對。接著，他又瞥向被食物屑屑弄得髒兮兮的地板。「啊，碎屑，有好多碎屑呀，才一個晚上就這樣。你可能幫不上多少忙，不過多一個幫手算一個。吉爾斯，就這樣吧，帶她去找提莉。」

賀伍德先生點點頭，抿著嘴笑了笑之後就轉身去跟其他賓客打招呼了。

「這個嘛，我說……」吉爾斯的尾巴抽動了一下。

「他是什麼意思？我不懂耶。」莫娜尖著嗓子說。

「只要你願意在派對結束後和我們的服務生提莉一起清理場地，賀伍德先生會讓你留在這裡過夜。這可能跟你剛才提到狼群有關，賀伍德先生最不忍心拒絕遇上

麻煩的小動物，再加上他又特別討厭狼。你知道嗎，他的妻子就是被狼捉走的，就在賀伍德夫人去拜訪她姊姊的途中。這也是賀伍德先生開始經營旅館的原因：他想幫動物們打造一個安全的落腳處，尤其是替那些在旅途中找地方住的動物。可是，有時候我覺得他忘記了，**這是一間旅館**，不是專門為渾身溼答答、不小心路過的小東西而開的庇護所欸。當然，我不是針對你啦，老鼠小姐。反正，你跟我來就對了。」

「噢，謝謝你。」莫娜說。

「先別謝我，」吉爾斯說，一面把門打開，「你還沒見到提莉呢。」

難纏的提莉

莫娜跟著吉爾斯離開派對現場，回到大廳，來到火爐旁邊點著蠟燭的樓梯間。她看得出來，不論往上、往下都有好幾層的樓梯。

「過來，過來，」吉爾斯對她招招手，「提莉在廚房裡。」

吉爾斯帶她下樓，一路來到走廊盡頭。他推開一扇門，這個房間比大廳和宴會廳都小，但比起莫娜待過的任何一個住處都還是大很多。

廚房裡瀰漫的味道，聞起來比宴會廳更香，一張長

桌上擺滿鍋子、碗盤、湯匙與上菜用的托盤，長桌上方則是從天花板垂掛著一籃又一籃堅果與莓果。碗櫥嵌入土牆裡；有些櫥櫃開著，能看見裡面放滿了整齊疊放的盤子，還有一罐罐各式各樣的乾燥種子與香料。水槽是用巨大的果殼做成的，裡面堆滿髒兮兮的湯鍋和平底鍋。角落的火爐上，吊掛著一只湯鍋，鍋裡的橡實泥正咕嚕咕嚕的滾著。

一隻胖胖的豪豬正用超長的湯杓攪拌著橡實泥。廚房裡不只有豪豬，還有一隻尾巴毛茸茸的紅毛松鼠坐在桌前，正一小口一小口的啃著一個大大的、軟綿綿的蛋糕。

「提莉，親愛的，別什麼都想偷吃。」豪豬斥責。「要留足夠的食物給賀伍德先生，你也知道每次都要等到派對結束後，他才會覺得肚子餓，來廚房找東西吃。」

「好──刺刺女士。」提莉心不甘、情不願的推開盤子。「可是派對結束後，就輪到我去打掃了，根本沒機會吃東西嘛。」

「親愛的，我會幫你留一些種子蛋糕的。」

「我比較喜歡橡實舒芙蕾耶。」提莉喃喃說著，聲音不大不小，剛好大夥兒都聽得見。

舒芙蕾？一定是那個大大的、軟綿綿蛋糕的名字，莫娜心想。

「那是要給住客吃的──你也知道呀。」刺刺女士回答，轉過身，對著提莉甩了甩一身亂蓬蓬的剛毛，剛好瞥見吉爾斯和莫娜。「咦，吉爾斯？你帶了誰過來？想必不是住客吧。」

「當然不是。」吉爾斯回答，好像刺刺女士說的話得罪了他似的。「她是新來的服務生，莫娜。莫娜，這是刺刺女士，她是我們的廚師。」

「你好啊，親愛的。」刺刺女士說。

「這位，」吉爾斯指著松鼠說，「是提莉。」

莫娜伸出爪子。

可是提莉並沒有回握她的爪子，反而豎起了尾巴。
「新來的服務生？」

「只有今晚而已，」吉爾斯繼續說，「等派對結束
後，她會幫你一起清理。這是賀伍德先生的指示，不是
我的。他要你去幫她準備刷子和圍裙。」

「老鼠來幫我？老鼠個子太小了，沒辦法當服務生
啦。」提莉把尾巴豎得更高，看起來甚至比她的身體還
大。「而且她沒辦法幫任何人清理。你看，她只會帶來
更多泥巴而已！」

「那是你的問題，不是我的。」吉爾斯說。在他準
備離開廚房之前，刺刺女士說：「如果你要上樓，順便
幫忙把舒芙蕾帶上去，免得被提莉吃光。」

「我是在櫃檯工作的蜥蜴，上菜又不是我的工
作！」吉爾斯嘀咕著，不過他還是把舒芙蕾順便帶走
了，然後就消失無蹤。

就連她最愛的餐點被帶走，提莉都沒有抗議。她繼

續兇巴巴的瞪著莫娜，讓莫娜忍不住直發抖。

莫娜往下看，她的腳掌還是很髒。「因為暴風雨……」她喃喃自語。

「噢，天啊，天啊，可憐的小東西，」剌剌女士滔滔不絕的說著，「我來找找看有沒有好一點的布……」她打開水槽底下的櫥櫃東翻西翻，拉出一條像是用柔軟樹皮製成的布。剌剌女士把布遞給莫娜，莫娜立刻拿布擦拭腳掌和尾巴。

「你看，這樣好多了，對吧？親愛的，你叫莫娜，對吧？」

莫娜點點頭，把布巾還給她。

「這個名字真好聽，很適合你這個小可愛。你知道嗎，我想我還有一些起司奶酥，你要不要吃一點？那是老鼠顧客最愛吃的喔。」

聽到這句話，提莉插嘴說：「沒時間吃東西了，派對很快就要結束了。這下子我的工作更多了，還得帶她認識環境……」

「噢，提莉——噓，啐，」刺刺女士說，「有點同情心嘛。我覺得你是很有同情心的，只要想到⋯⋯」

提莉頓時安靜下來，她沉默了很久，刺刺女士也沒有再說任何話，只說了：「噢，提莉，我們大家都度過了很漫長的一天，不是嗎？」

「是的，刺刺女士。」提莉終於回答說。

刺刺女士轉向莫娜，解釋說：「我們的管家希金斯太太感冒了，所以我們的工作量加倍，再加上正在舉辦派對⋯⋯嗯，一家旅館要維持這種規模營運，肯定不簡單啊。」

「如果不是舉辦派對，通常我自己一個就可以把工作做好。」提莉哼了一聲。她又看著莫娜一眼，嘆了口氣。「欸，我們最好幫你找條圍裙。」

「你可以晚點兒再吃起司奶酥，親愛的。」刺刺女士剛對莫娜說完，莫娜又再次被帶走了。

把莫娜的行李箱放進提莉房間之後，「我想，你得跟我睡同一間房了。」提莉說。她們經過更多房間與走

道，終於來到一間儲藏室。提莉從
裡面找出掃帚、畚箕，還有一條圍
裙。那條圍裙實在太大了，莫娜得把
綁帶在腰上繞好幾圈才能打結綁好。她
的圍裙實在太長了，她希望自己不要
因此絆倒。

「我需要鑰匙嗎？」莫娜指著提莉掛在脖子上的鑰
匙問。畢竟吉爾斯也掛著鑰匙，賀伍德先生脖子上掛的
鑰匙就更多了。

「拜託，」提莉回答，「你只有今天晚上在這裡工
作耶。鑰匙是給我這種正式員工的，你只是打掃一下宴
會廳而已。」

只有宴會廳而已，的確！

宴會廳裡只剩下最後幾位住客，他們正小口小口的
吃著剩餘的餐點。這時候的宴會廳看起來比之前寬敞許
多，當然也比之前更髒亂了，不平整的木頭地板上，到
處都是種子蛋糕的碎屑，還有蘑菇屑與橡實屑。莫娜得

用掃帚把所有的食物碎屑掃乾淨。要說那是一把掃帚，其實也只是一根反過來拿的乾燥蒲公英嘛。就跟圍裙一樣，這把掃帚對莫娜來說也太大了，她只好盡量握低一點。她把食物碎屑倒進桶子裡，其實她餓到很想把這些碎屑吃掉！

宴會廳裡到處都是蜂蜜漬！提莉給了她一塊布，還有用堅果殼盛裝的肥皂水，可是蜂蜜漬真的很難刷掉。

夜晚好漫長，尤其是莫娜做的每件事，提莉好像都不滿意。她在工作的空檔挑剔莫娜說：「還是黏答答！」接著，她就會叫莫娜回到同一個地點，繼續刷刷洗洗。

在忙碌的過程中，外面暴風雨繼續肆虐，狂風把宴會廳的百葉窗吹得格格作響。莫娜很慶幸自己可以待在室內，身體保持溫暖。工作雖然辛苦，但也讓她開了眼界：提莉從天花板取下來的那些一叢又一叢的接骨木莓，色彩明豔；舞臺上的樂器是由蘆葦和莢果製成的，提莉一移動，它們就發出乒乒乓乓、叮叮咚咚的聲音；還有一雙柳樹編織而成的綁帶涼鞋，是住客忘了帶走

的；最棒的是那些閃耀著陽光色澤的金黃葉子，莫娜協助提莉把它們插在桌上的橡實花瓶裡，好在早晨迎接住客。

最後，莫娜吃了一點起司奶酥，忙碌的夜晚終於畫上句點。當莫娜躺在提莉房裡那張羽毛製成的空床上（那是她這輩子睡過最舒服的床），一點兒也沒被提莉巨大的鼾聲影響。提莉就連在睡覺的時候，發出的聲音聽起來也像在生氣！但是，莫娜並不在意。這隻小老鼠終於睡著時，在她夢裡出現的，不再是森林裡未知的恐懼，而是樹旅館帶給她的種種驚奇。

成為短期員工

第二天早晨，莫娜提著行李箱跟隨提莉下樓，她們經過大廳，往廚房走。她的心情很沉重，離開的時候到了，她得回到森林尋覓新家。

提莉倒是一派輕鬆，呱啦呱啦的講個不停。

「我已經在這裡好多年了，這是我第五次過橡實節。謝天謝地，今年臭鼬沒來參加。有一年，他們來參加，**結果可真不妙**。不管賀伍德先生告訴過他**多少次**，薩茲伯里伯爵總是忘記應該把臭氣留在家。」

「臭鼬也會來這裡住嗎？」莫娜問。

「噢，是啊，當然。他們每年都會來慶祝結婚紀念日，我每次都會特別按照他們的需求準備好房間。再過幾個星期之後，他們才會來。為了『優化核果儲存』的研習大會，我還得先準備好松鼠的房間。畢竟我自己是松鼠嘛，也只有我才夠資格發言了……松鼠實在有夠麻煩，整晚沒完沒了的開派對！」

　　「原來是這樣啊……」莫娜說。

　　「不過，這些事情跟你沒什麼關係啦。」

　　說完，她們已經走進廚房。大桌子上擺滿了食物，有一碗又一碗的種子和蜂蜜，還有一盤又一盤的油炸薊

花。刺刺女士、吉爾斯，以及很多莫娜沒見過的動物，甚至還有一隻啄木鳥，大夥兒圍著桌子排排坐，賀伍德先生則坐在桌子的主位。

「一場既歡樂，計畫又十分周延的派對完美落幕了。」賀伍德先生一面說，一面舉杯。「大家表現得很棒。」

莫娜沒有杯子可舉，甚至不曉得自己該不該留下來吃早餐。畢竟賀伍德先生只答應提供她一晚的住宿和餐點，她不認為早餐也包括在內，雖然種子蛋糕聞起來真的好讚，有酥酥脆脆、奶油香濃的味道。而且，這味道

聞起來好熟悉，難道她在好久好久以前吃過嗎？

「親愛的，你不吃早餐嗎？」刺刺女士的話打斷了莫娜的思緒。「要不要吃片種子蛋糕？這可是我的獨門料理喔。」

莫娜搖搖頭。「我該走了⋯⋯」

「說得對！」提莉擠進兩隻兔子中間的座位。

「可是你得吃東西！尤其如果你接下來要走很遠的路。」刺刺女士說。「親愛的，你家在哪裡？」

「我的家在暴風雨中被沖走了。」莫娜說。

刺刺女士皺起眉頭。「噢，我的天啊。那你的家人呢？」

「我沒有家人。」莫娜平靜的說。

「噢，噢，天啊。提莉，你聽見了嗎？」

提莉又豎起了尾巴。

「這場暴風雨太可怕了！」其中一隻兔子說。「還好它過去了，住客才能順利離開。想像一下，要是他們都被困在這裡⋯⋯肯定會是一場災難！我們已經夠

忙了。」

「嗯，」賀伍德先生說，他直直盯著莫娜看，「現在是**旅館的旺季**，因為希金斯太太身體不適，我們人手不足。如果你願意助我們一臂之力，願意盡心盡力，這個秋天你可以待在這裡。當然，你也會領到蕨森林幣做為薪水。」

莫娜不敢相信自己聽到的話。

提莉看起來也很震驚。

「所以，莫娜小姐，」賀伍德先生說，「你覺得呢？」

「太棒了！」莫娜說。「我的意思是：我願意。」她激動的按著胸口。

賀伍德先生點點頭。「很好。坐下吧，畢竟吃飽了才有力氣做事。」

「是的，老闆！」

於是，莫娜把行李箱放在門邊之後（待會兒吃完飯後，她就要把行李箱再拎回提莉房間），就在刺刺女士和吉爾斯之間找了個位子坐。其實那只能算半個位子，

因為那個座位對大部分動物來說都太小了——可是對莫娜來說，大小剛剛好。

跟著提莉認識環境

「哼，竟然沒有經過希金斯太太同意就聘用你，她一定會不高興的！」早餐後，提莉不情願的帶莫娜認識環境，一面喃喃自語。

「希金斯太太是誰呀？」莫娜問。她的肚子裡已經裝滿了美味的種子蛋糕。

「管家呀，我昨天就跟你說過了。她生病了，還記得嗎？你要把話聽清楚一點，這裡有很多事情要學。我媽媽以前總是說，老鼠的大腦就像瑞士起司一樣——洞太多！」

「可是……」莫娜說。她本來很高興的，可是現在她的心卻一直往下沉。儘管她知道提莉的話不是真的。

「沒有可是，試著跟上就對了，知道嗎？」提莉指著廚房對面關著的門。「那是希金斯太太的辦公室。早餐後你要做的第一件事，就是去見她，她會給你今天會退房和準備入住的賓客名單，還有要求客房服務的賓客名單。如果有住客提早退房，你就先清理那一間房。大部分住客一過中午就會抵達，所以，所有的房間都必須預先準備好。鋪好床、把臉盆和浴缸刷乾淨、擺好香皂、在枕頭上放好小點心。」

莫娜點點頭，她真希望有筆記本，可以記下所有的該做的事情。

「希金斯太太生病多久了呢？」莫娜問。

「她從夏天快結束的時候就生病了。」提莉說。「對我們來說，夏天是壓力很大的季節。先是草莓節停辦了，因為今年的草莓季來得太早，接下來我們又沒辦法舉辦黑莓節，因為天氣太乾燥，黑莓遲遲沒有開花結

果。根據希金斯太太所說的，到目前為止，我們其實從來沒能成功的在夏天舉辦過任何慶典。她可是從樹旅館開幕就在這裡的元老級員工欸！接著，是那些青蛙惹的禍。」

「青蛙怎麼了？」

「他們故意讓套房裡的浴缸淹水。希金斯太太和我花了大半天才把水拖乾。我們倆從頭到尾巴都濕了，她也因此得了重感冒，不過我沒有感冒。」提莉指著希金斯太太辦公室的門。「你看，她已經貼出我的工作表了。」

門上釘著一張紙，上面寫了滿滿的字。提莉把紙拿下來，遞給莫娜看。

—2號枝枒房，供應早餐盤

—10號小樹枝房，供應早餐盤

—6號小樹枝房，準備一杯熱蜂蜜

—3號樹根房，香皂加量

「3號樹根房絕對是野豬要住的套房，」提莉胸有成竹的說，「他們喜歡多洗一次澡。」

今天只有兩組新賓客要入住，客房服務後面則寫了大半頁的退房工作。

「所有來參加橡實節的住客都要退房，今天一定會很忙。」提莉說。她把清單摺起來，塞進了圍裙口袋。「你最好不要拖慢我的速度。來吧，還有很多東西得跟你說，我們只有一小時的空檔。」她指著大廳盡頭一扇開著的門說：「那是洗衣間，床單和浴巾都在那裡清潔整理，大部分備品也都從那裡拿，住客也可以在那兒洗衣服。」

莫娜往裡面看。濕床單正掛在衣架上晾乾，房間聞起來全是香皂味，到處都是一缸一缸冒著蒸氣的水，不同形狀的桶子裝著各式各樣的寢具用品。吃早餐時見到的那兩隻兔子，正在搗碎其中一個桶子裡的樹葉。他們對提莉揮手打招呼。

提莉也揮手回應。接著，她對莫娜說：「不同的住

客喜歡不同種類的寢具。兔子喜歡乾草或橡木屑；松鼠喜歡碎葉子和小樹枝；鳥兒喜歡青苔鋪成的巢；鼴鼠喜歡泥土裡加一些葉子；有些住客還會提出特殊要求。那裡有袋子可以拿來裝鋪床的用品。」提莉指著掛在牆壁掛勾上的一些大袋子。「用袋子裝滿你需要的東西。」

提莉繼續往樓梯間走，往下指著，說：「下面的那一層是樹根房，是為兔子、鼴鼠、田鼠、尖鼠和地松鼠準備的房間。再往下的一層，是冬眠套房和食物儲藏室。往下第三層，就是賀伍德先生的辦公室了。」不過，提莉沒有往下走，而是往上走，莫娜趕緊跟在她身後。

在大廳裡，吉爾斯正在櫃檯後方，彎下身子處理一些文件。他對莫娜和提莉點點頭，繼續工作。提莉指著火爐說：「到了初雪節時，我們才會點燃爐火。」

「初雪節是什麼？」莫娜問。可是提莉沒有回答，她對著告示牌點點頭，讀著牌子上寫的：**我們堅持「保護與尊重，絕不以爪牙相向」**。

「所有待在樹旅館的人，都必須遵從這個規定，賀

伍德先生特別要求所有住客也都要遵守，比如『六隻腳規定』，就算他們那麼小，還是必須特別留意自己的腳爪該放在哪裡。」

「什麼是『六隻腳規定』？」莫娜問。

提莉還是沒回答。在她們上二樓之前，提莉指著轉角對莫娜說，餐廳就在那裡（「僅限住客使用」），它其實就在宴會廳旁邊。

二樓提供住客休閒娛樂使用，這層樓有遊戲室、圖書館和一間美容沙龍。接下來，她們就要到客房樓層去了。樹幹房是提供給體型較大的動物住客，比如臭鼬、刺蝟，還有獾。可是旅館從來沒有接待過任何獾住客，待在這裡的獾只有賀伍德先生。枝枒房是為松鼠、花栗鼠，和其他比較小型動物住客準備的，也是旅館最常見的住客。更高樓層的小樹枝房，是專為鳥兒準備的。還有負鼠也住高樓層，他們喜歡附設吊枝的陽臺。最後，位在頂樓的是最大、也最貴的套房：蜜月套房和頂樓套房。

「噢，要是能睡在其中一間華麗的房間，一定很棒！」莫娜自言自語。

「別傻了！」提莉大喊。「員工從來不睡在客房，我們睡在樓下。」

「我只是想想嘛……」莫娜開口說。

提莉反駁她：「快點跟上，只剩一個地方要跟你說。」

她們終於來到樓梯最頂端。「這是觀星陽臺，」提莉說，「這個地方晚上很搶手喔！」

莫娜跟著提莉離開走廊，來到外面的陽臺。陽臺搭蓋在一根巨大的樹枝上，四周是木製欄杆，陽臺上擺滿了桌椅和躺椅，提莉從來沒見過這樣神奇的景觀。「去吧，」提莉對莫娜說，然後在其中一張椅子上坐下來，「你應該會想欣賞一下這個景觀。」

莫娜倚在欄杆上，小心避開掛在欄杆上的望遠鏡，然後往外看。

向上延伸的是三百六十度環繞的藍色天空，陽臺下

方的整片樹頂，看起來宛如一片綠色、橘色與紅色交錯
起伏的大海。遠處，金色的陽光正探出頭來。「哇！」
莫娜驚呼。她這輩子從來沒到過這麼高的地方，她覺得
自己就像一隻鳥。

　　事實上，陽臺上剛好就有一隻鳥。

　　那是一隻美麗的燕子，她的藍色羽毛閃閃發亮，胸
前暈染著一片星光白。雖然她的體型應該跟藍領結鶯不
相上下，看起來卻嬌小多了。她有一邊的翅膀掛著吊帶

護具。此刻那隻燕子正朝著太陽方向眺望，一滴水珠從她的臉頰滑落——那是眼淚嗎？

「您……您還好嗎？」莫娜問。

燕子把頭轉向莫娜。她的眼裡有淚水，她的確在哭。「什麼事？」鳥兒用傷心的、小小的聲音說。

「噢，沒事。抱歉打擾您，西布莉小姐，」突然出現在莫娜身邊的提娜搶著回答。「莫娜，搞什麼鬼啊！」她咬牙切齒的壓低聲音說。

「你不應該跟住客說話！」等到她們回到樓梯間，往樓下走的時候，提莉訓斥她：「那是旅館的另一項規定。要是住客先跟你講話，當然就沒關係，我以為你應該知道。」

「可是她在哭耶……」

「你現在是在找藉口嗎？」提莉怒氣沖沖的說。

不過提莉沒有繼續說下去，因為她被一陣更大的噴氣聲打斷了。樓梯上方，出現了一隻氣呼呼、擤著鼻涕、走路一跛一跛，渾身灰撲撲的刺蝟，她一手拿著手

帕，一手拄著拐杖。

「噢，提莉，**總算找到你了**！你在做什麼啦？」

「夫人，請別對我生氣嘛，」提莉說，「是莫娜啦，她是賀伍德先生新聘的服務生。賀伍德先生要我帶她認識一下環境。」

「新服務生？」希金斯太太瞇起眼睛看著莫娜，一臉疑惑。然後，她打了一個超大聲的噴嚏。她用手帕擦了擦鼻子，然後搖搖頭。「我晚一點再弄清楚你的事。」她對莫娜說。接著，她對著提莉說：「現在沒時間管這件事了，薩茲伯里伯爵和伯爵夫人要來了。事實上，他們剛剛抵達旅館！」

臭鼬夫婦提前入住

「臭鼬夫婦?」提莉大喊。「可是,他們不是好幾個星期後才會到嗎?」

「是的,臭鼬夫婦,可是請你稱呼他們『薩茲伯里夫婦』,提莉。」希金斯太太嚴肅的說。

「抱歉,夫人。」提莉說。

「他們決定提早過來,」希金斯太太繼續說,「我不確定是什麼原因,不過他們現在就在大廳,賀伍德先生正在接待他們。他很關切他們的「氣味」,因為所有橡實節的住客都還在。你也知道,薩茲伯里伯爵很容

易緊張，賀伍德先生只是不希望他『釋放』臭氣而已，如果他『釋放』的話……欸，你也知道上次為了要消除那種氣味，花了多久的時間！幸好大家都沒有抗議，可是，閒言閒語可能就那樣傳開啊……」她嘆了一口氣，「我不確定好好跟伯爵夫婦談有沒有用，不過那不是我們的問題。你得立刻幫他們準備好蜜月套房，他們打算先在餐廳吃早餐，中午時入住。」

「到中午之前，我們還有很多時間準備。」莫娜尖著嗓子說。可是話才一說出口，她立刻希望自己沒有說這句話。

「一般客房或許可以，但這可是薩茲伯里夫婦要住的套房！」希金斯太太大喊，還打了一個噴嚏當結尾。

提莉點點頭表贊同，然後得意的朝莫娜笑了一下。

「工作清單在這裡。」希金斯太太說，遞給提莉一張紙。莫娜得踮腳，才能偷看到內容。上面寫著：

特殊要求：

一黑白條紋床單

一醃漬蘑菇

一一朵臭菘花

一薩茲伯里夫人需要髮捲

一薩茲伯里伯爵需要領帶壓平器

一望遠鏡

「以前沒要求過準備望遠鏡。」提莉說。

「他們要用來做什麼呀？」莫娜問。

提莉翻了一個白眼。「那與我們無關。」

「觀星陽臺還有一些備用望遠鏡，」希金斯太太說，「刺刺女士會送蘑菇上來。今天早上由我來處理客房服務的事。快點，小跑步，不准失誤！你知道薩茲伯里夫婦有多特別。」

「別擔心，」希金斯太太一跛一跛的下樓時，提莉用非常肯定的語氣回答說，「我會處理好所有事。」說

完，她轉向莫娜。「來吧，我們需要去拿補給品。你聽到希金斯太太的話了，不准失誤。」

雖然提莉沒說，但莫娜知道那是針對她，所以，她緊張的抽動了一下鼻子，迅速跟著提莉下樓，再帶著補給品回到樓上。提莉拿著比較大件的補給品，比較小件的由莫娜拿著，她們準備前往旅館裡最華麗的套房。

蜜月套房很美，有一個枝枒圍成的圓弧形陽臺和一張心形的床。「床墊裡塞滿了貓尾巴軟綿綿的毛喔，」提莉解釋，「它是旅館裡最棒的床，可是你別想試躺！」浴缸由空心樹瘤打造成，書桌用樹枝編織而成。房間的角落有一顆巨大的松果，上面裝飾著蠟燭。牆上掛著一幅幅神情愉悅的動物夫婦畫像，甚至有一幅是一對老鼠夫婦！

莫娜忍不住一直盯著那幅畫看，因為她從來沒多少機會和自己的同類相處。

「所以你是怎麼失去你的……？」提莉指著圖畫問。

「失去什麼？」莫娜回答。

「你的家人……」

「噢，」莫娜說，「那是很久以前的事了，我其實不太記得他們。真希望我記得。那你的家人呢？」

「那不關你的事，」提莉簡短的回答，「掃地才是你該關心的事。我來換床單。」

提莉把小桶的清潔用品交給莫娜，還有一件有口袋的新圍裙。莫娜穿上圍裙，這件圍裙比提莉的圍裙樸素，雖然還是有點大，不過至少沒有大到拖在地板上。

*唰，唰，唰。*莫娜用掃帚掃了木地板，浴缸周圍也掃了，一丁點灰塵都不放過。她想不通為什麼提莉那麼生氣，是提莉問起她的家人，這個話題又不是她起的頭。

提莉的聲音打斷她的思緒。「你動作怎麼這麼慢？唉，讓我來吧。你去跟希金斯先生拿臭菘花。」

「他是希金斯太太的丈夫嗎？」莫娜問。

「當然啦，」提莉說，「他是園丁。別再問那麼多

問題了，趕快去大廳，沿著走廊，經過宴會廳到後門去，你就不會走錯路。」

莫娜還是有點不太確定路線，可是提莉拿走她手上的掃帚，說：「快去！」

於是，莫娜急急忙忙衝下樓梯，穿過大廳，經過宴會廳。就跟提莉說的一樣，走廊的盡頭是一扇很大的門。門把比她的頭還高，不過她看見門上還有一扇更小的門。這一定是為了**像我個子這麼小**的住客而設計的。她心想，一面把門打開。

外面感覺有一絲涼涼的，不過此刻的太陽已經不再躲在樹叢中，而是大刺刺的高掛天空。大雨過後，所有東西聞起來都有一股清新的氣味。在她面前是一座很大的庭院，庭院的其中三面牆爬滿了黑莓藤蔓。葉子好像剛剛才被掃到角落堆起，泥土地面也剛打掃過，庭院裡放著幾張為住客準備的小樹枝椅子。

庭院的右邊，在一面覆滿藤蔓的牆上，有扇門上寫著「**旅館員工專用**」。莫娜往那裡走去，推開門，踏進

花園。

在花園的一側，有一條小溪蜿蜒流過樹根周圍。莫娜心想：**這應該是那條把我沖向旅館的小溪，延伸到這裡來。**這裡的水量這麼豐沛，難怪樹長得這麼大，而且還灌溉出一座茂盛的花園。

花園裡四處都是野草莓、藍莓與蕨類；一株原木旁長著一大叢越橘；洋蔥和朝鮮薊種在同一畦田地；陰涼處的苗圃裡則有很多不同種類、看起來無比美味的蘑菇。花園裡也有三葉草、蒲公英和其他香草植物，像是香蔥與奧勒岡。有一個清新、討人喜歡的氣味蓋過了其他所有植物的氣味：那是薄荷葉。

她深深吸了一口氣。「真好聞！」她讚嘆著。

一隻身材肥胖的刺蝟，拿著一把齒鋒銳利的大剪刀，從植物後面探出頭來，說：「可不是嗎？」

莫娜大吃一驚，向後一跳。「噢！」

「別害怕，」刺蝟說，「我是希金斯先生，也是園丁。你……等等，我今天早上見過你，你是新來的服

務生。」

莫娜點點頭。

「而且你偏愛薄荷。噢，別擔心，我自己也很愛薄荷，只是有些住客抱怨它的氣味壓過所有其他植物，所以我得修剪掉一些。這樣好了，你要不要帶一些回去？」他遞給她一小枝薄荷。

莫娜露出微笑，把薄荷放進圍裙其中一個口袋裡。

「如果你想要，可以再多拿一點。」他說。

「謝謝你，也許我晚點再來拿，」莫娜說，「現在我需要一朵臭菘花。」

「我猜是要給薩茲伯里夫婦的？」

「你怎麼知道？」

「那是我特別為他們種的。他們喜歡房間裡有花，會讓他們有家的感覺。」希金斯先生帶路，他們往下走到小溪旁的沼澤區。

「退後一點，」希金斯先生告訴她，「免得把腳掌弄得都是泥巴！在那裡，」他指在他們頭頂上方的一株

葉子狀的植物，「臭菘花。」植物的中心長著幾蕊花蒂，其中只有一蕊非常小的花蒂的尾端開了一朵黃花，形狀就像蠟燭的火焰，跟莫娜一樣高。

「通常臭菘花在秋天不太生長，可是我還是都會栽種一株。原本我預計再幾個星期它才會開花。很幸運的，有一朵花提早盛開了。」希金斯先生把身子埋進葉子底下，拿起剪刀，喀嚓！花莖晃了一下。希金斯先生接住花，對莫娜喊著：「扶著一端，我幫你一起拿到門邊。我們可不能拖著它走過泥巴堆。」

莫娜照著希金斯先生的話做。花很重，可是她盡量不讓花碰到地面。

當他們走到門邊時，希金斯先生就放掉他那一端。

「從這裡開始，你可以自己拿吧？」他問。

莫娜點點頭，說：「應該可以。」

「你最好趕快上樓，」希金斯先生說，「最好別讓提莉等。不過，也別乖乖挨罵。她經歷了很多磨難，但那不能拿來當藉口。」

莫娜詫異的點點頭。

接著，希金斯先生對她眨眨眼，轉身回到花園。

莫娜小心握著花莖、拖著花，沿著走道進入大廳。當她把花拖到躺椅邊，正準備上樓時，有兩位在火爐邊聊天的鼬鼱住客，疑惑的看了她一眼。上樓梯是最困難的部分了，她很小心的慢慢走，以免損傷花朵。等她抵達蜜月套房，全身痠痛得不得了。

房間乾淨得閃閃發亮。桌上擺著髮捲和一碗醃蘑菇，剛剛鋪好的床上放著一只籃子，裡頭有領帶壓平器。通往陽臺的走廊牆上有一個掛鉤，掛著望遠鏡。

「把那朵花靠在松果旁。」提莉吩咐著。

莫娜奮力完成吩咐時，提莉繼續說：「接著你得去刷浴缸，你只剩下這項工作了。我的工作都做完了，我要下樓去吃東西了。**不是我的錯喲**，誰叫你動作這麼慢。」可是我得去拿花啊！是你叫我去的。莫娜心想。她想起希金斯先生的話，說她不能任憑提莉使喚。不過，她沒有把話說出口，她不想冒這個風險，惹提莉生氣。

莫娜認分的拿起刷子，就在提莉準備大步跨出房間前，她用剛毛般的尾巴撢了門框一下。「還有，」她又開口說，「住客隨時會到。」

說完這句話，提莉就走了，把浴缸留給莫娜清理。隨時？莫娜怎麼可能及時完成工作嘛！她以前從來沒清理過浴缸。如果她有經驗就會知道，浴缸的外側不用刷，可是她卻先刷了浴缸外側，刷完之後把清潔籃當做凳子，爬進浴缸裡繼續刷內側。正當她剛開始要刷浴缸裡面，想著怎麼擦亮水龍頭時，房門開了！一開始，她以為是提莉又折回來，可是她立刻就知道──開門的

並不是提莉！

「好嘛，好嘛，我的小香香，不要再生氣了，我們總算到啦，現在可以放鬆一下了。」

莫娜蹲低身子，她的鬍鬚顫抖著。

是臭鼬夫婦！

臭氣沖天

莫娜抽著耳朵，仔細聽浴室外面的聲音，連呼吸都不敢太大力。

「親愛的，你看，所有你喜歡的東西這裡都有。」

「望遠鏡呢？望遠鏡在哪裡？」

「就在這裡，我最親愛的小香香。」

從腳步聲移動的方向，莫娜聽得出通往陽臺的門被推開了。「你覺得外面這裡安全嗎？」是薩茲伯里伯爵的聲音。

「親愛的，你知道這個陽臺是我們專屬的吧？」薩

茲伯里夫人說。「而且樹枝把我們都遮住啦，賀伍德先生最注重安全了。」

「你就這麼確定……」

房裡安靜了一會兒，莫娜想像薩茲伯里伯爵正透過望遠鏡往外看，目光越過那一整片樹頂。

我該怎麼辦？莫娜心想。**他們會在房間裡待多久？如果他們整個下午都待在房裡怎麼辦？**她得繼續工作才行，她還有很多工作要做，可是她又不想貿然現身。他們是住客，她不該出現在他們的房間。要是她驚嚇到他們，他們說不定會噴臭氣。那樣一來，**她就真的麻煩大了。**

「噢，來嘛，拜託，親愛的，把望遠鏡放下。從這裡什麼也看不到啦，我們在這麼高的地方，而且現在離家裡很遠。試著忘掉……」

「忘掉？」薩茲伯里伯爵大喊。「我知道狼就在森林裡，不是只有一兩隻，拜託，是一整群的狼耶！蘿絲，而且還有更多狼在聚集啊！」

狼群！莫娜還記得暴風雨那晚碰見的狼群。真的有更多狼正在聚集嗎？

　　「噢，霍桑，你總是煩惱東、煩惱西，」薩茲伯里夫人繼續說，「擔心有狼、有土狼、有狐狸……甚至擔心有蜘蛛。就是因為這樣我才提早訂房，好在這兒待久一點。在樹旅館，沒有什麼能傷害我們。狼群甚至不曉得樹旅館在哪裡！霍桑，我們在這裡很安全。」

　　「安全？**很安全？**」

　　「霍桑，深呼吸，深呼吸，你太緊張了。」

　　「我才沒有！」薩茲伯里伯爵大喊。莫娜聽得見他來回踱步的聲音。「聽見狼嗥的又不是你！那天晚上醒來的是我。我聽到他們的聲音了！」他的腳步聲愈來愈近，莫娜知道薩茲伯里伯爵已經走進浴室了。

　　「**我就是忘不了**，不管你說什麼都一樣。看到狼群的**又不是你**！」

　　莫娜抬頭一看，看見一隻非常帥，不過非常焦慮的臭鼬。他打著一條與毛色相稱的黑白條紋領帶，他的尾

巴抖了一下。

莫娜張開嘴想要解釋，可是太遲了……

颼！

薩茲伯里伯爵噴了臭氣。臭氣立刻充斥整個房間，浴缸當然也不例外。莫娜捏住鼻子也沒用。她倒吸一口氣，然後閉氣。

「噢，霍桑！」蘿絲喃喃自語。「你就是**非得**噴臭氣不可，是吧？賀伍德先生都說了不行了。現在我們不得不離開了，還說什麼安全，說什麼放鬆……」

「我只噴了一點點而已呀！」霍桑大喊，拉扯著自己的領帶。「蘿絲，我又不是故意的……你看！」

薩茲伯里夫人的腳步聲也愈來愈清楚，因為她走進了浴室。

「有老鼠！」她大口喘氣，然後更靠近莫娜，盯著她看。

薩茲伯里夫人捲捲的黑色毛皮上綁著許多小小的白色蝴蝶結，白色的毛柔順發亮。她的尾巴抖了一下，莫

娜以為她也要噴臭氣了，可是她只是清了清喉嚨，尾巴就不再抖了。「你是誰？」她開口質問。

莫娜慢慢站了起來，還是捏著鼻子。她抬頭望著他們，試著不要發抖。

「我師夫嗚森。」她說。

「什麼？」薩茲伯里伯爵問。

「親愛的，我想她是說，她是服務生。」薩茲伯里夫人回答。

莫娜放開鼻子，可怕的氣味將她再度淹沒。她試著忽略周圍的氣味，很快的接著說：「是的，我是負責打

掃的服務生。在您們抵達時，我就快要清完浴缸⋯⋯我很抱歉。」

薩茲伯里伯爵難過的瞪著她看，手掌拉扯著領帶。「說什麼都來不及了⋯⋯」

「是我的錯。」莫娜說。

「當然是你的錯，」薩茲伯里夫人震怒的說，「希望你會跟賀伍德先生說明一切。」

「當⋯⋯當然⋯⋯」莫娜結結巴巴的說，她緊張的心直往下沉。

還好，薩茲伯里伯爵的話讓莫娜鬆了一口氣。伯爵很快就說：「噢，蘿絲，別叫她去啦。萬一賀伍德先生要我們離開，那該怎麼辦？畢竟，是我噴臭氣的。我不想現在就又啟程回家，我們才剛到耶。」

「可是剛才的氣味⋯⋯」她回答，「就算只有一點點，其他住客和賀伍德先生一定還是會注意到，氣味太濃了。」

氣味太濃⋯⋯莫娜之前聽過這句話，她想到一個主

意了。薄荷葉！薄荷葉的氣味也很強，不過好聞又清新，而且希金斯先生說她可以多拿一些。

「我……我想，我可以幫上忙。」莫娜說。

「你說可以幫上忙是什麼意思？」薩茲伯里伯爵問。

「請在這裡等一下，」她一邊爬出浴缸，一邊說，「請先打開陽臺的門，讓房間通通風，我馬上回來。」

在離開房間以前，莫娜用口袋裡的薄荷枝抹了抹全身，雖然沒有完全去除臭鼬噴出的臭味，可是絕對掩蓋掉一些。緊接著，莫娜趕往花園去拿更多薄荷。

莫娜的計畫成功了。她和薩茲伯里夫婦壓碎薄荷葉，把薄荷葉塞在浴缸四周和床底下，他們甚至在松果上掛滿了薄荷枝。等他們忙完之後，薄荷味蓋過大部分的臭味。薩茲伯里伯爵非常感謝莫娜，薩茲伯里夫人也沒那麼不開心了。「聞起來還有點像家裡的氣味。」她說。雖然這個房間聞起來一點也不像莫娜想要的家的

氣味，但能幫上忙，讓她感覺好多了，於是她匆匆忙忙趕回去洗了個澡。她告訴提莉，是因為打掃而弄得全身髒兮兮，雖然這個講法只有一半是事實。「那你就沒時間吃午餐了。」提莉說，一面狐疑的嗅著莫娜身上的氣味。莫娜點點頭後，立刻衝進浴室。

她泡了一個澡，把全身刷乾淨。她用的香皂，形狀就像一顆小小的心，泡泡聞起來有堅果和蜂蜜的香味，讓她聯想到舒適的夜晚，還有肚子吃得飽飽的感覺。

如果她有家，就會希望自己的家聞起來是這種香味。她將自己浸在溫水裡，有那麼一會兒的時間，感覺自己就像薩茲伯里伯爵與夫人一樣，受到細心照料。她想著想著，不禁笑了起來……可是，**我是比他們放鬆多了。**

西布莉小姐的歌曲

日子一天天過去，莫娜更熟悉了旅館環境和各項日常工作。

不過，她還是有很多東西得學。有一次，她把抹布留在某個房間忘了帶走；還有一次，她忘記在枕頭上擺放橡子餅乾。但過沒多久，她已經不需要太多指導，就可以獨自負責清理房間了。

希金斯太太還是病得很重，沒辦法花太多時間在莫娜身上，不過，每天早上莫娜會拿到一張工作清單，那是用刺蝟的刺釘在辦公室門上的，看起來很像刺刺

女士身上的刺，清單上寫滿不同房間的需求。有一次，莫娜弄錯了，把希金斯太太叫成刺刺女士。希金斯太太很嚴肅的訓斥她，莫娜才弄清楚她們有多麼不一樣。幸好希金斯太太及時打了一個噴嚏，讓莫娜不必再聽更多訓話。

「她需要好好休息。」提莉說：「喂！你怎麼會覺得，她跟刺刺女士長得像呢？」只可惜，這次沒有噴嚏來阻止提莉的碎碎念。

當十五隻松鼠從森林各地抵達旅館時，提莉倒是一反常態的安靜，而且顯得心不在焉的樣子。松鼠的大會讓旅館員工很煩心，那些松鼠在宴會廳開會時都很嚴肅，可是只要會議一結束，他們就大喝麥芽蜂蜜，接下來不斷會有「飛」松鼠沿著樓梯向下滑翔，一場接著一場的敲核果比賽，甚至有一次他們還在陽臺玩高空彈跳，這可就讓賀伍德先生不怎麼高興了。莫娜和提莉得收拾松鼠們玩樂過後的爛攤子。有一次，就連提莉都忙到把抹布留在客房裡忘了帶走，幸好莫娜出手解救。

莫娜幫她把抹布拿回來時，提莉變得很和善，還謝謝莫娜。不過，提莉很快就又恢復平常的態度。

一天晚上，提莉問莫娜，她到底什麼時候才要把行李箱裡的東西拿出來。莫娜這才承認，行李箱裡其實什麼也沒有。提莉大笑著說：「也好啦！這樣你被掃地出門時，就不必再打包行李了。」這些話很傷人，莫娜也試著笑笑不計較。她希望自己可以說些什麼話來反駁，可是她也不確定能講什麼。以前她從來不需要站出來替自己辯解，因為一直以來，她都是獨自一個。

提莉也是獨自一個嗎？莫娜從來沒見過她寫信或者收到信，很多其他員工都有。刺刺女士有非常多親戚，所以她經常收到小包裹、信件啊，還有各式各樣烹調用的特殊香料。洗衣間的兔子瑪姬和莫瑞斯，他們是一對兄妹。提莉從來沒有談過任何關於家人的事，莫娜也不敢問，只有刺刺女士給過莫娜一點線索。

在熬過提莉特別難相處的某一天，莫娜坐在廚房裡喝甘草茶、吃種子蛋糕。她正準備伸手拿第五塊種子蛋

糕時，刺刺女士輕聲笑了出來。

「噢，」莫娜一面說，一面縮回手掌，「對不起，我不是有意要吃那麼多的。我沒注意到自己⋯⋯」

「沒關係，沒關係。對我來說，你喜歡吃我做的蛋糕，就是一種讚美呀，親愛的。只是，你要不要告訴我，發生什麼事了嗎？」

「是因為提莉。」莫娜承認。

刺刺女士沉重的嘆了一口氣。「她又做了什麼？」

「其實沒有啦⋯⋯只是她對我⋯⋯一直都對我很

壞。所有人都對我很好，你、還有希金斯太太，雖然她很嚴格。賀伍德先生也對我很好，就只有提莉不一樣。」

刺刺女士又嘆了一口氣。「親愛的，別太嚴厲的批判她。那隻小松鼠之前的日子過得很辛苦。」

「希金斯先生也是那麼說。但是，你說的是什麼意思？」

「那不是我的故事，也不是希金斯先生的故事，」刺刺女士說，「但是你要記得，每個人的心都有傷痕。有些人受的傷比其他人更多。」

可是，受過傷就讓你有權利傷害別人嗎？莫娜不這麼認為。不過她還是很納悶，提莉到底受過什麼傷？她沒辦法想像提莉哭的樣子。提莉跟西布莉不一樣，西布莉就是那隻她在陽臺上見過的燕子。

西布莉很顯然受過傷。沒人曉得她的翅膀是怎麼受傷的。她非常害羞，很少離開房間。莫娜只知道她已經訂好房間，接下來的秋季和整個冬季都會待在這裡。

旅館裡也開始變冷了，一天早上，莫娜決定請希金斯太太幫她多加件毯子。

　　希金斯太太坐在桌前，自己也裹著一條毛毯。提莉正在替她倒茶，她們正在看一份工作排程表。

　　「莫娜，你當然可以多拿條毯子，沒問題。」希金斯太太一面說，一面用手帕輕輕擦著鼻子。「你拿毯子的時候，也順便拿一條上去給小樹枝44號房的西布莉小姐，她有提出加毯子的要求。」

　　「夫人，我可以送去。」提莉很快接話。

　　「最好是莫娜拿去，因為西布莉小姐非常……害羞。」

　　提莉看起來不太高興，所以莫娜沒有留下來聽他們後面說的話，就趕快到洗衣間去找毯子了。她盡可能的找了一條柔軟的毛毯，把毯子拿到樓上燕子的房間。她正準備敲門，就聽見房裡傳來了聲音。那不是普通的聲音，而是唱歌的聲音。雖然她知道這樣做不禮貌，還是忍不住把耳朵貼在門上聽。

啾嘰，柔聲慢慢的唱，

往上飛，往南飛，翅膀貼著翅膀，

我們在此地翱翔，聽我們輕唱，

往上飛，往南飛，往家的方向飛翔，

那裡暖風吹拂、花朵盛放。

旋律轉成一連串迷人的「啾嘰、啾嘰」叫聲，然後就停了。

莫娜等了一會兒，猶豫了一下才敲門。

不一會兒，西布莉把門打開一個縫，大小正好夠她探出鳥喙。「什麼事？」她怯生生的問。

「很抱歉打擾您，」莫娜說，「我送毯子過來。」

「毯子？」

莫娜舉起毯子。「您要求要多加一條毯子？」

西布莉點點頭。「噢，是的。」她說。

她正要用嘴巴叼住毯子，莫娜開口說：「我聽到您唱歌。真好聽！」

「噢？」

「您的歌聲比⋯⋯藍領結鶯更棒。」莫娜繼續熱情的說。

西布莉發出了很小的唧唧的笑聲。她停頓了一下，說：「我的夥伴們也很喜歡我的聲音。當我們吟唱遷徙的旋律時，都是由我帶頭唱。」

「您剛才是在唱那個嗎？遷徙的旋律？」

「那是其中一首的一小部分。」

「噢。」莫娜說。她真想知道旋律的其他部分是怎麼樣的。

西布莉彷彿讀到了她的心意，很快便開口說：「如果你想聽，我可以唱其他部分給你聽。」

莫娜知道旅館的規定。她不應該跟住客說話，更別說是讓他們表演了。可是西布莉打開了門，莫娜實在抗拒不了，於是她走進房間。

她以前從來沒進過西布莉的房間。提莉通常會在西布莉到觀星陽臺去的時候打掃這個房間。跟其他小樹枝

樓層的鳥兒房間不一樣，這間房很小、空蕩蕩的，沒有搭蓋在陽臺上的鳥兒水盆，牆上也沒有整排的棲木架。事實上，這裡很不像是給鳥兒住的房間，頂多就是房間裡放的不是床，而是在角落用小樹枝、青苔和毯子，搭蓋了一個鳥巢。牆上只有一根棲木，看起來嘛，與其說是棲木，倒不如說是個掛外套的掛勾。倒是棲木底下雕刻的東西，讓莫娜忍不住睜大了眼睛：是另一顆心，就跟她行李箱上的心一樣，只是這顆心底下還刻了字。

　　「賀伍德先生能讓我待在這裡，我真的很感謝他，」西布莉解釋著，「我的蕨森林幣很少，能付的住房費不多。我想他以前也曾讓其他有困難的旅客待在這裡。」

　　「賀伍德先生真的很好心。」莫娜把毯子放進鳥巢裡時附和著西布莉所說的話，一面也心裡納悶著，其他

有困難的旅客會是誰。

西布莉停在棲木上，所以莫娜就坐在青苔地毯上，聽她唱歌。

歌曲的其他段落，就跟她聽到的第一段同樣美妙。西布莉一唱完，莫娜立刻鼓掌，西布莉顯得非常開心。

「你還想再聽其他的歌嗎？」西布莉問。

「好啊！」莫娜回答。

於是，西布莉又開始唱另一首關於大海的歌，唱完再接著唱另一首關於月亮的歌。

「這首歌是我的最愛之一。」西布莉唱完之後很害羞的說著，然後調整了一下吊帶裡的翅膀。她看著外面的天空說：「一到夜裡，我就會望著月亮，想念我的同伴，真希望我可以跟他們在一起。」

「發生了什麼事？」莫娜安靜的問。

「因為橡實節那天的暴風雨，我被突如其來的一陣強風吹撞到樹枝上，扭傷了翅膀。我的翅膀扭傷，沒辦法往南飛，所以就到這裡來。我曾聽說過樹旅館，

也知道待在這裡很安全。我好希望翅膀可以趕快痊癒，可是事與願違。現在我得待在這裡直到春天，而我的錢根本付不起這個房間的費用，尤其如果這是個漫長的冬天……更糟的是……雖然旅館很舒適，大家都很照顧我，但還是跟好朋友待在一起的感覺不一樣。我覺得很孤單，很寂寞。」

莫娜點點頭，沉思的說：「我想，我從來就不曾有過很多朋友。」

「真的嗎？」西布莉一臉驚訝的說：「可是你這麼好心，這麼友善，我還以為你一定有很多朋友。」

莫娜用力搖搖頭。「我從來沒有在同一個地方待很久。」

「那這裡呢？」西布莉問。

「我是新來的，」莫娜說，「我跟你同一天抵達，可是我很喜歡這裡，真的很喜歡。」一說完，莫娜就發現自己說的是真心話，即使她和提莉的相處算不上融洽。

「雖然我很想念我的朋友，但是我也很喜歡這裡。

事實上，我還編了一首關於這間旅館的歌。你想聽聽看嗎？不過，我還沒有編完整首歌就是了。」

莫娜知道自己應該離開了，可是她怎麼抗拒得了聽一首特別為樹旅館編的歌呢？她急切的點點頭。

西布莉才剛剛開始唱道：

樹旅館，樹旅館，
長著羽毛的朋友和長著毛皮的朋友，
在這裡都能住得安心……

「呃哼！」

半掩著的門被推開了，門後的不是別人，就是旅館老闆——賀伍德先生。他彎下身子，探頭往小小的房間裡看。在他身後，莫娜只看得見提莉那張長著鬍鬚的臉。

「賀伍德先生，我就知道，」提莉不耐煩的說，「我就知道她在這裡。」

莫娜的心緊張得怦怦跳。提莉告訴過她不可以跟住

客說話，那是規定。而她不只跟西布莉說話，甚至跟她分享祕密，聽她唱歌！

可是，賀伍德先生看起來一點都不生氣。「對，我看見了。可是我也聽見了。」他回答著。他的體型太大，沒辦法進到房間裡，可是卻站在走廊咧嘴笑著，提莉被他擋在身後。「西布莉小姐，您能不能好心的把歌唱完？」

「我……我不知道該不該……」

「麻煩您了！」賀伍德先生鼓勵著。

西布莉想了一會兒，接著點點頭，然後清了清她的嗓子。

樹旅館，樹旅館，

長著羽毛的朋友和長著毛皮的朋友，

在這裡都能住得安心，

得以遠離困頓與恐懼，

得以修復羽翼，得以再次擁抱喜悅……

這是一首快樂又溫暖的歌，提到了種子蛋糕、舒芙蕾、泡泡浴，還有可以通往觀星陽臺的樓梯。這首歌讓莫娜想跟著跳舞。西布莉唱完的時候，不只莫娜，連賀伍德先生也鼓起掌來，於是提莉勉為其難的跟著鼓掌。

「太棒了！」賀伍德先生說：「西布莉小姐，您唱得太好啦。真抱歉打擾您，我們正在找我們的服務生，」他比了比莫娜，「我們找到她啦。還發現了其他東西──一個聲音，沒錯，多美的聲音啊！西布莉小姐，我知道這段時間對您來說很不好受，可是我還是想問：您願意跟我們的住客分享您的歌聲嗎？」

西布莉猶豫的啾啾叫了一聲，可是莫娜輕聲告訴她：「別擔心，每個人都會愛上你的歌聲，說不定會讓你不那麼覺得寂寞。」

西布莉想了一下，然後緩緩的點點頭。「我想……就一首歌吧。賀伍德先生，您一直對我非常寬宏大量，這是我可以盡的微薄之力。」

「當然啦，如果反應很好，而且您選擇繼續唱，那

麼用您的演唱酬勞來折抵住房費將是我的榮幸，我們也會把您的房間升等成真正的鳥兒住房。」

「真的嗎？您……您確定嗎？」西布莉結結巴巴的說，興奮的從棲木跳下來。

「千真萬確。」賀伍德先生再度咧嘴而笑，他的眼睛正好瞥見棲木底下那顆心。他看了莫娜一眼，拉拉自己的鬍鬚，然後又看了那顆心一眼。「我在想……」他捻了捻自己的鬍鬚，清了一下喉嚨。「嗯哼，用歌曲讓事情告一段落就沒事了。莫娜小姐，本來提莉小姐說的事情讓我很擔心你，不過顯然是多慮了。請繼續保持良好表現！」

「謝謝您。」莫娜說。她忍不住露出了微笑。

提莉不露痕跡的「哼」了一聲。她只對賀伍德先生說：「賀伍德先生，很高興最後一切都很順利。」

接著，大夥兒就離開西布莉的房間，回去工作了。莫娜是最後離開的一個，她揮手道別時，看見西布莉小姐眼裡閃著的不是淚水，而是一絲光芒。

啄木鳥湯尼發警報

西布莉的第一次演出，是在松鼠大會的閉幕晚宴上。大家都喜歡她。她不只唱了一首歌，而是唱了很多首。松鼠大會結束之後，她每天晚上仍然繼續演唱。看到她愈來愈有自信，莫娜替她開心，這也讓她自己變得更有自信。她和西布莉變成朋友了，和薩茲伯里夫婦也是，他們經常指定她幫忙。可是提莉還是不怎麼友善，至少對莫娜是這樣。她看過提莉給感冒的希金斯太太送湯和手帕，甚至在西布莉唱歌唱了一整晚的歌之後，送熱蜂蜜給她。這隻紅毛松鼠究竟為什麼對莫娜特別不一

樣？莫娜很想問，很想知道為什麼提莉對她的態度會這樣，可是她們太忙了，莫娜一直沒找到時間去問清楚，因為樹旅館總是有很多事情要忙。

叩——答——叩叩叩！聽到這個聲音時，莫娜正在清理西布莉的新房間。雖然提莉抗議過，但莫娜正式接下整理房間的工作了。

叩——答——叩叩叩！

聲音又傳來了。是啄木鳥嗎？員工裡有一隻叫做湯尼的啄木鳥，可是莫娜從來沒有正式跟他見過面。吃完飯後，他總是很快就離開。

她跑到百葉窗邊，推開窗戶，都還沒踏上外面的陽臺，啄木鳥湯尼就從最高的枝枒衝下來，對著她大喊：「警報！警報！你沒聽見嗎？快進去！立刻進去！」接著，他又繼續緊抓

樹幹，用鳥喙敲擊樹幹，*叩──答──叩叩叩！*

莫娜趕緊往大廳衝，她的心跳加速，接著她在大廳碰見了提莉。

提莉同樣很驚慌。「是警報！快點，快點，我們得在餐廳集合。」

莫娜跟著提莉下樓，納悶著到底發生了什麼事。不管怎麼樣，**賀伍德先生會處理的**，莫娜試著讓自己安心。

可是在餐廳裡的賀伍德先生也跟大夥兒一樣，看起來非常擔憂，不知所措。午餐顯然被打斷了，圓桌上放著一盤盤吃了一半，或者根本還沒碰過的食物。大夥兒好像都不餓了，除了一隻鼩鼱，他緊張兮兮的大口吞下一盤又一盤食物。

大部分員工已經聚集在房間一側，另一側則是擠在一塊兒的住客，包括西布莉和薩茲伯里夫婦。西布莉看起來很害怕，薩茲伯里伯爵坐在椅子上深呼吸，薩茲伯里夫人則在一旁揉著他的肩膀。刺刺女士正在安撫他們的情緒，拿茶給他們喝，勸他們冷靜。儘管她保持風

度，還是看得出她也很緊張，因為她的刺都豎了起來，還差一點就刺傷一位住客！

「我還以為這裡很安全！」薩茲伯里伯爵大聲抱怨。

「對呀，我也以為！」一隻花栗鼠附和。其他住客也跟著發牢騷。

賀伍德先生聽到他們說的話以後，大步站上舞臺。「親愛的住客，請保持冷靜。只要樹旅館的工作人員還在這裡，就沒什麼好害怕的。我們會確保大家的安全。」然後，他對西布莉做了一個手勢。「也許來些舒緩的歌曲，可以幫助大家的情緒穩定下來。」

西布莉再度站上舞臺，開始唱歌，可是她的聲音一度有點顫抖。

賀伍德先生口中不停念念有詞，在員工面前來回踱步。突然，啄木鳥飛越幾扇門，從空中衝下來。他停在賀伍德先生的身邊，所有住客滿臉疑慮的望著他。

「大家都聽見了嗎？大家都在這裡嗎？」啄木鳥很

大聲的說。他的紅羽毛冠冕亂糟糟的，胸前的羽毛還夾雜著木屑。

「你小聲點！」賀伍德先生說：「不必再警告大家了。趕快小聲的告訴我，到底發生了什麼事？」賀伍德先生說話的聲音不像平常那麼輕鬆，也不冷靜。

啄木鳥左右張望之後，結結巴巴的用氣音說：「是熊！賀伍德先生，有一隻熊，一隻很大的熊，牠突然就出現在路中央！」

「一隻熊？」賀伍德先生大喊：「一隻熊！那他現在在做什麼，湯尼？」

「他在前門。對，他就在前門，試著要進來！他還沒找到暗鎖，可是隨時都有可能找到！」

那兩隻兔子，瑪姬和莫瑞斯，緊緊抱著彼此。提莉哀號著：「天啊，噢，不！」希金斯太太則激動的說：「可是現在是深秋耶，熊應該準備要冬眠了呀。」賀伍德先生點點頭，對希金斯太太說的表示認同。「沒錯！他到底到這裡來幹嘛？他對啄木鳥說：「湯尼，你的

職位是警衛，那是這間旅館最重要的工作！你之前在做什麼呀？你在休息嗎？你明明知道自己不能休息啊！你得保護住客呀！」

莫娜從來沒看過賀伍德先生對任何員工這麼生氣。湯尼看起來很難過。

「我……我……」湯尼結結巴巴的說。

賀伍德先生還是非常憤怒，他怒氣沖沖的說：「現在看看我們是什麼處境……哎呀，我都不知道該怎麼說了！」他猛力扯著自己的鬍鬚。

「一點都不尊重，真的一點都不懂得尊重。」吉爾斯說。莫娜過了一會兒，才明白他說的是熊。「他不知道自己在哪裡嗎？」

「我們得趕快想個辦法才行。」希金斯太太說。「否則薩茲伯里伯爵……嗯，你們也知道……」她瞥向薩茲伯里伯爵，伯爵的尾巴已經開始發抖了。

「可是，希金斯太太，我們不能直接把那隻熊趕走

嗎？」提莉喊著。她全身發抖，害怕得不得了。

「親愛的，別擔心。沒關係的，沒關係的。」剛剛加入他們的刺刺女士安慰著提莉。

她又跟提莉說了些什麼，但是莫娜聽不見，因為瑪姬，就是洗衣間其中一隻兔子，突然大叫說：「我們可以從二樓窗戶發動攻擊呀。我們可以丟湯鍋和平底鍋下去，那些鍋子都很重……」

「我有園藝剪刀！」希金斯先生說。

「禮儀！」賀伍德先生說：「各位，注意一下禮儀！攻擊？我們那麼沒有智慧嗎？這裡是樹旅館欸。我們得想一個不同的計畫；我們按規定行事。我們必須把規定當成我們的……當成我們的……工具！」他講得結結巴巴，真的很不像平常的他。

所有的動物聚在一起討論，莫娜想著吉爾斯剛才說的話，說那隻熊到底知不知道自己身在何處。

莫娜心想，說不定，**那隻熊真的不知道自己現在在哪裡**。大家都以為他設法進入旅館，想攻擊他們。可

是，說不定其實不是這樣。她想起在暴風雨那天，她經過的那個熊洞穴，看起來確實有點像樹旅館。這隻熊有沒有可能是在找那個洞穴？

在慘劇發生之前，莫娜得趕快找到答案。如果動物們攻擊熊，他可能會抓狂。一隻瘋狂的熊，和一隻迷迷糊糊、搞不清楚狀況的熊截然不同。她安靜、快步的從大家身旁離開。

就在她快走到餐廳門邊時，提莉看見她了。「你要去哪裡？」提莉問，她的眼睛睜得大大的。

「我……我要去看那隻熊，我覺得他可能是迷路了。」

「**你要什麼？**」提莉說：「你得待在這裡。規定就是這樣。再說，那是一隻熊欸……你不能就這樣……」

「我可以，」莫娜回答，「而且我要去。」

有史以來第一次，就算提莉很不高興，莫娜也沒有理她，她勇敢的走進大廳，準備跟大熊碰個面。

大熊昏昏

大廳空無一人、安安靜靜，只有門外的大熊不停用肩膀撞門，傳來「碰、碰、碰」的聲音。

雖然來大廳之前，莫娜覺得自己夠勇敢，可是現在當她真的獨自一個時，面對碰碰作響的震動，還是忍不住發抖。

她深呼吸一下，試著讓狂跳的心緩和下來，大步走向大門入口。趁著碰碰的撞門聲暫停了一下的空檔，她小心的推開一個小門縫，溜了出去，然後迅速關上身後的門。

她面前聳起一座黑色的山。莫娜從他毛上銀白色的條紋看得出來，這隻熊不只體型巨大，也很老了。他身上聞起來有陳年的魚乾味，還有像是從滿布灰塵的洞穴走出來味道。他左右張望，接著又看回樹旅館的方向。

　　「咦，不是這裡呀……」他咕噥著。他的聲音聽起來很沉重，像是快睡著的樣子。

　　他似乎非常困惑。她會不會猜對了？他迷路了嗎？莫娜得問清楚。她盡可能大聲的清喉嚨，試圖吸引他的注意力。「熊先生，不好意思。」

　　可是熊沒有聽見她的聲音，說不定根本就沒有看見她。就連他用鼻子去推旅館的大門時，也沒有看見莫娜。眼看只差個幾吋，大熊就要碰到心形的暗鎖了，莫娜趕緊跳開，免得被他壓扁。熊用鼻子重重敲著門，回彈的力道大到他一屁股跌坐到地上。

　　「唉！」他低沉又疲憊的嘆了一聲。

　　莫娜又試了一次，比之前更大聲。「哈囉，熊先生！」她大喊。熊還是沒聽到。

於是，莫娜從圍裙裡拿出早餐剩下的種子蛋糕，把蛋糕朝熊的方向、往上一丟。她沒料到自己會丟得這麼準。碰！蛋糕正好砸中熊的鼻子。

「嘿！」熊拍拍鼻子，低頭看蛋糕是從哪裡來的。他終於發現莫娜了。

「我很抱歉！」她說。

「什麼？」他回答，驚愕的看著莫娜。

「我很抱歉！」她大聲複述一次。

「為什麼抱歉？」

「因為……」莫娜搖搖頭說，「噢，不重要啦。」她又清了清喉嚨。「熊先生……」她開口說。

「我叫昏昏。」他說。

「昏昏先生，我想你弄錯地方了。」

「噢，哎呀。我想不通這裡為什麼有一扇門。我在找……」他打了一個大大的呵欠。

「找你冬眠的洞穴？」莫娜幫他講完這句話。

「我的洞穴？」熊很驚訝的說：「在這裡嗎？」

「不是，」莫娜說，「這裡是一間旅館。」

「旅館？」昏昏抬頭看著頭上巨大的樹，吃驚的搖搖頭。「怎麼可能。」

「我們恐怕沒有夠大的房間可以讓熊住，」莫娜說，「有一個洞穴，」她接著說，「往上游再過去一點的地方，也許那是你的洞穴。」

「哈！」昏昏露出了微笑。「一定在那裡。我的記憶力真的不……」他揉揉鼻子，又打了一個呵欠。

「誰都會忘記事情啊，」莫娜說，「別在意。」

「真的很謝謝你。」他的眼皮開始往下垂。

「你想去那裡嗎？」莫娜說。

昏昏突然睜開眼睛。「去哪裡？」

「去你的洞穴呀！」

「啊，對呀，那當然。你剛才說是往哪個方向？」

「往上游的方向。」莫娜說。

「啊，好，那我最好立刻出發了。沒有什麼地方比家更好了，我得趕快找才行。」

說完，又打了一個低沉的大呵欠之後，昏昏動作笨拙的撐起自己的身子，起身時還不小心壓扁了酸漿。接著，他就轉身慢慢往⋯⋯下游走！

　　「等一下！」莫娜大喊：「你走錯方向了！」

　　昏昏停下來搖搖頭。「唉！」他又打了一個呵欠，轉過身來。

　　如果他又迷路了，或是在途中睡著的話該怎麼辦？莫娜很快就下了決定，說：「昏昏先生，如果你願意的話，我可以陪你去找，我來帶路。」

　　「你願意陪我去找？」

　　莫娜點點頭。

　　「老天，你真好。」

　　一開始莫娜非常害怕，昏昏堅持讓莫娜坐在他背上、緊抓住他，聽著他的呵欠聲慢慢向前走。沒有多久，他們倆就找到了昏昏的洞穴，後來莫娜才發現，那並不是他平時住的洞穴，這也就是為什麼他會迷路。之

前昏昏正準備冬眠的時候，被嗥叫的狼吵醒了。狼群吵得他睡不著，所以他才決定要到小時候住的洞穴去。**又是狼！**莫娜心想。他們**還真的**在蕨森林裡。

　　等他們終於抵達昏昏小時候住的那棵大樹時，昏昏開心的鬆了一口氣。莫娜從他背上滑下，看著他從樹洞開口擠了進去。對現在的他來說，這個樹洞小到快擠不進去，不過莫娜可以想像在他還是小熊的時候，情況肯定不同。

　　「以後你有任何時候需要昏昏，你知道哪裡可以找到我。」他從樹洞裡對莫娜說，聲音聽起來有點含糊。接著，他的黑色尾巴就消失在黑暗中。「家，」他說，「沒有一個地方比得上自己的家。」沒多久，樹洞裡傳來了呵欠聲，然後是打呼聲。

在趕回樹旅館途中，昏昏的話在莫娜心底迴盪。

等莫娜回到旅館，溜進黑莓藤蔓底下，從花園的門穿進來時，旅館似乎已經恢復正常了。沒有警報聲和嚇壞的住客，只有西布莉甜美的歌聲從宴會廳傳出來。莫娜下樓希望找到賀伍德先生，告訴他昏昏提到的關於狼群的事。不過，她卻發現提莉在廚房裡，正把手掌戳進橡實舒芙蕾裡。突然間，提莉的尾巴豎了起來，手掌像是在發抖。

提莉抬起頭看著莫娜，大口把嘴裡的東西吞下去，接著劈頭就說：「**你**上哪兒去了？跑去躲起來了嗎？你也差不多該回來了。我們得整理餐廳，因為賀伍德先生要為住客們舉辦特別的晚宴，彌補他們今天早上受到的驚嚇。喔，還有，熊走了。」

「我知道。」莫娜驕傲的說：「我不是躲起來。是我帶路送他回家的。他還跟我說了一件事……我得跟賀伍德先生談談。」

提莉睜大眼睛，接著瞇起眼。「如果我是你，就不

會告訴賀伍德先生這件事。你不應該離開工作崗位的！那是規定！」

「可是，我是去幫熊的忙欸。」莫娜說。

「現在，你該幫我的忙了。」提莉說：「快點，我們還有事要做。」

莫娜猶豫了一下。昏昏會來到樹旅館，是為了要遠離狼群。所以，這代表狼群還離這裡很遠，不會馬上造成旅館的麻煩。

至少，莫娜希望是這樣。

代班闖禍

熊的事件讓住客餘悸猶存。賀伍德先生下令不許員工提到這件事，所以接下來幾個星期，莫娜只會在心裡想著昏昏的事，同時額外賣力工作，為初雪節做準備。

大家都很認真工作。刺刺女士已經在擬菜單，包括豐盛的湯品、燉菜，以及薑汁蛋糕；西布莉在練習新歌，適合翩翩起舞的好歌；希金斯先生在火爐邊堆放木頭，為今年冬天第一次生火做好準備。莫娜花了好幾個鐘頭，幫提莉一塊兒清理核桃殼燈籠，給每盞燈籠換上

新蠟燭。初雪節當天，不管是住客和員工，他們全都會一起把燈籠掛在樹的外圍，當做裝飾，也會把燈籠掛在陽臺的枝枒上，然後點亮燈籠。所有準備都是為了晚上的活動，大夥兒要一起歡迎初雪。

就連提莉都說：「看起來很美。」

我會有機會看到嗎？莫娜心想。賀伍德先生沒有提到她得離開的事，就連他第一次發蕨森林幣薪水給她時也沒有提，希金斯太太也沒有。不過，提莉倒是一直不斷提醒她這件事。

莫娜問提莉，她可不可以把薩茲伯里夫人打算送她的一幅漂亮黑白圖畫擺出來，那是一幅原本掛在他們房裡的畫。提莉說：「你不能接受住客給的禮物！那是規定！而且再怎麼布置也沒意義，反正你也不會在這裡待太久了。」

莫娜知道提莉說得沒錯，畢竟「初雪節」一到，秋天就結束了，她應該也只能待到那時候。

空氣變得一天比一天乾冷，愈來愈多住客抵達旅館，旅館也掛上更多裝飾品。眼看再過一天就是初雪節了。剛忙完一上午，莫娜準備去吃午餐，經過大廳時，吉爾斯要她幫忙看顧一下接待櫃檯。

「我剛才跟松鴉信差聊了一下，蠑螈一家取消預約了，」他大喊，嘖嘖的彈了一下舌頭，「這怎麼得了，我得告訴賀伍德先生這件事。那些蠑螈是我們最忠誠的老住客了，他們一直都會為了迎接初雪而預約入住頂樓套房，這下子房間要空下來了！這件事可是比在《松果日報》上有負評更慘。如果現在能有一篇對旅館的**好評**啊……嗯，可能情況會有所不同。」

莫娜不是第一次幫忙代班櫃檯了。天氣好的時候，吉爾斯會休假去做日光浴，莫娜就會到櫃檯幫忙。

「你還記得入住表格放在哪裡嗎？不過，千萬記得，不是誰都可以進旅館！有些賓客並不適合入住。」

「好。」莫娜說著，一面把她的圍裙撫平。

吉爾斯在椅子上放了一疊書，莫娜爬了上去，坐在

最上面。吉爾斯一離開，她嘆了一口氣，望向火爐。葉子花環早就拿掉了，現在火爐上方掛著一串小小的冬青漿果。她正想像著溫暖火爐劈啪的生著火的樣子，突然有個小小的聲音說：「不好意思，你可以幫個小忙嗎？」

莫娜望著對面，連一個影兒也沒看到，直到她從書堆上站起來，才發現對面桌子底下，有一隻大大的六月鰓金龜正往上盯著她瞧，觸角還不停抽動著。她一身閃亮的翡翠綠中帶點紫色，像一顆色彩斑斕的寶石，臉上還戴著晶亮的深色墨鏡。這隻金龜子用六隻腳當中的四隻腳，拿著她小小的行李箱。

「是的，您好！」莫娜用最有禮貌的語氣說。她從書堆上爬下來，快步走近桌子。

金龜子放下行李箱。「我不得不說，這棟建築還真不好找。」她不耐煩的說。

「噢，」莫娜說，「真的很抱歉。」

「沒有地圖、沒有指示牌，就連個路標也沒有。」金龜子繼續說。「我猜，這都是因為顧慮到住客的安全？」金龜子的話停頓了一下，眼光環視了大廳一圈。

「是的。」莫娜附和，接著對住客說：「我能為您效勞嗎？」

「不難看出來吧，我正在找住的地方，」金龜子說，「我需要一間房，請給我你們最推薦的房間，我是來參加節慶活動的。」

「活動很棒唷，」莫娜熱情的說，「請您稍候一下，我們的櫃檯接待人員……」

「**你**不是櫃檯接待人員？」金龜子不耐的抽動了一下觸角。

「是……呀，我是。」莫娜說。她想了一下，說：「我們的頂樓套房仍可以入住，那是我們最出色的房間。」

「出色，嗯……」金龜子看起來有點驚訝。「聽起來不錯。」

「可以請教您的大名嗎？」

金龜子停頓了一下：「你就寫瓊斯女士。」

「請問您的全名是？」莫娜問。

金龜子又停頓了一下。「全名就是這樣。」她堅定的回答。

「噢，好的。瓊斯女士，我向您保證，我們一定讓房間符合您的需求。」莫娜微笑著表示。「我們會多準備一些睡枕，備妥凳子和梯子，方便您拿取東西。」

「喔——」瓊斯女士又是一臉驚訝的說。「好的，那樣應該夠了。」她打開四個行李箱中的其中一個，裡面裝滿了蕨森林幣。

「住房費一共是五個蕨森林幣，麻煩您。」莫娜一邊說，一邊看一下房間費用表，確定自己沒有說錯。一般房型的房價只要一個蕨森林幣，頂樓的房價當然比較貴。

瓊斯女士將蕨森林幣一個一個的交給莫娜，然後打開另一個行李箱，拿出筆記本和一枝筆。

瓊斯女士在本子上寫著東西時，莫娜爬上桌子準備拿入住表格。她不敢相信，自己竟然正在幫住客登記入住頂樓套房！吉爾斯剛才還在為取消訂房的事不開心。這下子，他一定會非常高興，說不定還會跟賀伍德先生講這件事！

　　「這是您的鑰匙。」莫娜說著，然後從櫃檯後面迅速跳出來，把鑰匙交瓊斯女士。鑰匙幾乎快要跟瓊斯女士的身形一樣大了，不過她似乎並不介意。鑰匙上有個繩圈，瓊斯女士把鑰匙繩圈綁在其中一個行李箱的握把上。

　　「房間在頂樓，」莫娜說，「餐廳全天候開放，二樓有遊戲室和美容沙龍。明天就是盛大的慶典了，黃昏時會舉行點燈籠儀式，接著會有豐盛的晚宴。」

　　「好，好，」瓊斯女士說，「那你們對掠食者有採取什麼保全措施嗎？之前有聽到傳言，說這裡出現過一隻熊？」

　　莫娜倒抽了一口氣。她知道賀伍德先生不希望大

家談論這件事，可是她認為誠實才是上策。「那只是昏……那隻熊只是一場誤會。我們樹旅館所有員工全心全意，盡可能的提供您舒適與安全住房環境。您看——」莫娜指著火爐上方的告示牌說，「我們堅持『保護與尊重，絕不以爪牙相向』。」

「嗯，我很快就會知道了。」瓊斯女士邊說，邊在她的筆記本繼續寫著。「我還比較希望你們的宣言是關於不歧視六隻腳的生物之類的。所以你能保證，我待在這裡的時候不會遇到麻煩嗎？聽說你們有一個政策，是……」

莫娜愣了一下。提莉不是講過什麼六隻腳的生物很小，所以需要特別小心嗎？不過那應該不成問題吧。「不會有事的。」她說。

瓊斯女士的觸角抽動著，她看著莫娜，彷彿希望莫娜再多說些什麼。

「我……我保證。」莫娜說。

「很好。」瓊斯女士最後終於開口說。「你說房間

在頂樓是嗎？」

「是的，往右走。您需要我們幫忙送行李上去嗎？或者幫您拿鑰匙？」

瓊斯女士拒絕了，她把筆記本收起來，提起行李箱，接著……飛了起來！這可讓莫娜大吃一驚。因為行李箱和鑰匙很重，瓊斯女士飛得有點搖搖晃晃，鑰匙不停在空中擺動。很快的，她就消失在樓梯上方。

莫娜很自豪的看著這一幕，接著留了字條，註記要送枕頭和梯子上樓的事。

「我剛才是看見一隻蟲正在上樓嗎？」吉爾斯大喊，他剛剛才回到櫃檯。

「是的，」莫娜說，「那是瓊斯女士，她剛剛訂了頂樓的套房。」

「一隻昆蟲？」吉爾斯大喊：「你幫一隻昆蟲訂房？」吉爾斯憤怒的吐著舌頭。「你不知道嗎？樹旅館**不接待昆蟲**。」

這時候莫娜才想起，提莉從來沒說過「六隻腳規

定」究竟是什麼。莫娜以為規定是要特別小心，不要踩到他們，而不是昆蟲根本就不能進入旅館！接著，她立刻想起瓊斯女士提到，她不想遇到麻煩的事。難道，瓊斯女士知道有這個規定嗎？「可是……我不懂。我……我告訴她不會有問題的。我……我跟她保證過了！」

「**你保證過了？**真是夠了！」吉爾斯大喊：「我們不能要求她離開，那樣會驚動大家的。天啊，賀伍德先生一定會很生氣！」

「可……可是……」莫娜結結巴巴的說。她還是不懂。「我應該做些什麼嗎……？」

「你做得已經夠多了。」吉爾斯說。他搖搖頭，大大嘆了一口氣：「你走吧。」

莫娜步伐蹣跚的離開櫃檯往樓梯走，可是不確定自己該去哪裡。也許她可以去廚房，刺刺女士或許會讓她覺得好過一點。

可是到了廚房，她看到的不是刺刺女士，而是正在用力嚼著核果的提莉。

「你怎麼了？」提莉說。

莫娜結結巴巴的把事情告訴她，提莉的眼睛突然發亮。

「你**又**破壞了另一項規定！」

「我只是想要幫忙啊，尊敬的對待每一位住客，就像告示牌上說的呀……」

「幫忙？！你可是幫倒忙了！真的是幫了倒忙！」

「可是……」

「你一定會被開除！」提莉得意的笑著。「如果我是你，就會馬上離開這裡！」

提莉繼續講著，眼淚刺痛了莫娜的眼睛。不過，莫娜已經沒有在聽提莉說什麼了。她試著不要哭，她不想哭，至少不要在提莉面前哭。她從來沒想過自己會被開除，她以為自己做了正確的事，可是吉爾斯那麼不高興。也許提莉說的是對的，賀伍德先生是對大家很好，可是他確實有他的規定，而且發起飆來確實不得了。她還記得不久之前昏昏出現的那次，賀伍德先生有多

激動。

可是，她也很氣啊，提莉讓她氣炸了！如果提莉對她不是這麼不耐煩，也許她就會曉得規定，還有為什麼會有這些規定！

「我知道你一直都不喜歡我，」莫娜的情緒爆發了，「雖然我不曉得為什麼。我一直試著盡力做好啊，我們本來可以成為朋友的，可是你不想要任何朋友，刺刺女士說那是因為你受過傷，可是我覺得，你根本就喜歡傷別人的心！你只想要讓我不好過！那麼，我希望現在你能開心了，因為你達到你的目的了！」

提莉驚訝的說不出話。

莫娜沒有等提莉回應就脫掉圍裙，把圍裙用力丟在廚房桌上。她的情緒非常激動，她的腳步也同樣激動的立刻衝下樓。

反正最終都得離開，何不在賀伍德先生開除她之前，現在就走！

莫娜激動的鬍鬚不停顫抖，她把賺得的蕨森林幣放

進口袋。她緊緊握著行李箱回到廚房，幸好提莉已經不在那裡了。莫娜在行李箱裡塞滿種子蛋糕，還放進一罐蜂蜜。雖然她的心告訴她別這麼做，小老鼠莫娜還是離開了樹旅館。

邪惡的狼群

莫娜待在樹旅館這些日子以來（就算從她陪昏昏一起找樹洞那時候開始算起也一樣），蕨森林已經改變了。除了常綠植物以外，其他樹木現在幾乎都變得光禿禿，莫娜腳掌下的地面又冷又硬。植物與花朵縮起了身子，小溪流速緩慢，汨汨的唱著……冬天近了，它就快來囉，冬天近了……

是的，森林改變了，莫娜也改變了。以前她從來不覺得沉睡、緩慢的森林有什麼不好，只要她有一點東西可以吃，有地方可以睡覺就好。可是現在，她覺得森

林好寂寞，又冷又安靜，她已經開始想念溫暖的青苔地毯，住客嘰嘰喳喳的談話聲，種子蛋糕的香味，還有西布莉的歌聲。她想念旅館。

可是她不能回頭，不僅是因為那些規定（坦白說，她並不後悔破壞規定），或者她是那麼衝動的離開了（這一點她已經後悔了），而是因為她不被需要。提莉已經清清楚楚讓她明白這一點。

莫娜拖著沉重的步伐，尋找一個能睡覺的地方。天色漸漸暗了，她試著不去想初雪節，還有那些她無法參與的歡樂時光。

夜晚降臨，她找到一個樹洞，爬了進去。樹洞很潮濕，濕到根本不適合當做家，不過至少能擋風。莫娜蜷縮在她的行李箱旁，摸著行李箱上的心。她的肚子咕嚕咕嚕叫，所以她拿出一片種子蛋糕吃。她只拿了一片，因為她還需要靠這些蛋糕撐個幾天。

她小口小口啃著蛋糕時，蛋糕的味道喚起一段回憶，是烤種子蛋糕配上橡實奶油的香味，還有她媽媽的

聲音……「這是為我的小甜心莫娜烤的種子蛋糕。」她腦海中的畫面很模糊，可是現在她很確定．媽媽**的確**為她烤過種子蛋糕，味道就跟她手上的蛋糕一模一樣。可是，媽媽怎麼會知道刺刺女士的蛋糕配方？現在莫娜永遠沒辦法知道了，她把知道答案的機會搞砸了。她沒了胃口，就連一片種子蛋糕也吃不下。她把蛋糕收回行李箱，在闔上行李箱時，又輕輕摸了上面刻的心。她冷得發抖，要是現在可以喝一杯刺刺女士的熱蜂蜜茶該有多好。她剛剛閉上眼睛，試著想像蜂蜜茶的味道時，卻聽見一個聲音。

「我覺得，時候到了！接下來我們就能飽餐一頓！那些美味的松鼠，最高等級的野兔，還有肥滋滋的鼯鼠！」

這個聲音讓莫娜的背脊發涼。

「哎呀，閉嘴啦，」另外一個聲音說，「你讓我流口水了。」

「我也是。」

「我也是我也是。」

接著大夥兒七嘴八舌的附和著，吵吵鬧鬧的，還不停拍打著地面。是狼群！莫娜緊緊握著行李箱，一動也不敢動。

吵鬧的聲音停下來時，一隻聲音特別粗啞的狼說：「計畫最好能順利進行。」

「計畫當然會順利進行呀，我們就只要等著，等到看見哪棵樹亮起燈火，就是那棵。那裡的動物絕對能餵飽我們大夥兒，甚至還有剩。」

聲音粗啞的狼繼續說：「一定會出什麼狀況的，我就是有種感覺。我一點也不喜歡等待，阿吼。」

「等待總比追長耳兔好吧，小怕。我不是跟你講過……也差不多該讓我找到那窩鼴鼠了嗎？哎呀，我這個星期都不覺得肚子餓欸，可能吃太多鼴鼠了。」

「我們怎麼可能忘掉，你脖子上可是一直掛著那枚徽章呢，就像不停提醒著我們……你有多了不起。」

「如果我就是這麼了不起呢，小怕？用點技巧也沒

什麼不好。」

「我們不需要那些花俏的東西，只需要牙齒和鼻子。再說，那間『旅館』只是個傳說吧。我們現在大可以去打獵，而不是聚在這裡做什麼計畫，等待什麼時機的！」

「嗯，如果你這麼迫不及待的話，小怕，那你大可以直接回大森林去，我們還能會分到更多食物，我可以吃到更多！」

「你確定燈火的情報是對的？」

「我說過了，沒錯，我聽過非常多關於樹旅館的傳言。燈火的情報肯定沒錯，他們會在下第一場雪時點燃燈火。天氣愈來愈冷了，應該很快就會下雪了。等他們點起燈，我們就能找到旅館。樹旅館應該就在這附近。」

「樹旅館就藏在樹心的位置……嗯，我喜歡心臟，心臟最好吃。」另外一隻狼插嘴說。

「你太壞了，」又一隻狼說，「大壞狼。」狼群又開始邊叫邊笑。

莫娜全身發抖。她慢慢的、小心翼翼的透過空心的樹節向外窺看。

　　是一大群狼，有些走來走去，有些躺著舔拭自己的腳掌。在月光下，他們露出尖銳的牙齒，黃色的眼睛有如火焰。她看見那隻叫做「阿吼」的狼，戴著鼩鼠的徽章，他用一截破破爛爛、染了血的緞帶把徽章掛在脖子上。莫娜往後縮回樹洞裡，她的心跳得好快，快到幾乎可以聽到心臟怦怦跳的聲音。這就是為什麼狼群在附近遊蕩了好幾個月，原來他們一直在找樹旅館，等著燈火亮起來！她得做些什麼才行。

　　在她還沒來得及動作之前，那隻叫「小怕」的狼就開始叫：「嘿！安靜一點！我聞到什麼味道了！」

　　莫娜僵住了。

　　「欸，你瘋了吧。」

　　「不是！我聞到味道了。」空氣中只剩下狼吸著鼻子、嗅著味道的聲音。「是老鼠肉！我很確定！」

　　莫娜不敢動，她的尾巴僵得像根小樹枝。

她聽見狼的腳步聲愈來愈多，又有幾隻狼起身加入小怕，他們的腳步聲愈來愈近。

　　這就是她的生命終點了。再一會兒狼群就會發現她，把她吞進肚子裡，然後她就沒辦法把狼群可怕的計畫告訴賀伍德先生和其他動物了。

　　在她很確定，一切就要完蛋的時候⋯⋯

　　「算了吧，小怕，你想太多了，所有美味的大餐都在旅館裡啊。」

　　「可是⋯⋯」小怕咕噥著。

　　「我告訴過你了，所有動物都在那裡。每年這個時候，他們全都會到那裡去，我們就是要去那裡找他們。」

　　「好吧，阿吼，」小怕喃喃自語的說，莫娜聽見他咚一聲躺了下來，「我想就連我的鼻子都很餓了。」

　　「我們都很餓，」阿吼回答，「可是我們很快就不會餓肚子了，樹旅館很快就是我們的了。但還不是今晚！現在我要睡一會兒，我建議你們也都睡一下，在享

用大餐以前，讓胃先休息一下。」

　　狼群同意了。贊同和吵鬧聲很快就變成了呼嚕呼嚕的打呼聲，莫娜的心跳終於緩和下來。

　　莫娜一直等到狼群完全安靜之後，才又偷瞄了一眼。他們躺在地上睡著了，看起來黑黑灰灰的一片。她躡手躡腳走出樹洞，悄悄走過他們身旁時，幾乎不敢呼吸。狼群實在太近了，她聞得到他們嘴裡的臭味，看得見他們的口水從尖牙旁滴落。

　　輕輕的走過最後一隻狼身旁，莫娜立刻拔腿狂奔，跑的速度比她這輩子任何一次都快，她直往樹旅館衝。

提莉說出真相

莫娜從沒跑得這麼快，她順著蜿蜒的小溪，一路回到上游的旅館。朦朧的月光映照著河水，幫她辨別方向。

她終於到達樹邊，看見巨大的樹冠和刻在樹幹上那顆小小的心。太陽剛剛升起，陽光照射整座森林。莫娜毫不猶豫，打開門衝了進去。

大廳空空的，**住客一定都還在睡**，莫娜心想。不過，員工應該已經起床在吃早餐了。莫娜衝下樓梯，跳進廚房。就跟她想的一樣，員工全都坐在餐桌邊。

「我看見狼了！」莫娜大叫。

大家全部僵住了，提莉不再亂攪碗裡的食物，她驚訝的張大了嘴，賀伍德先生面無表情的瞪著莫娜，只有刺刺女士微笑著說：「親愛的，你回來啦！」

「嘿，你是在森林裡哪裡看見⋯⋯」希金斯太太問。

「噓，先安靜一點！」賀伍德先生說：「莫娜小姐，請到我的辦公室，或是先坐下來。你的故事等等再說，我們先吃東西。」

「可是，賀伍德先生⋯⋯希金斯太太⋯⋯刺刺女士⋯⋯你們得聽我說。我看見狼了！一大群的狼！」

「我說，安靜！」賀伍德先生看起來愈來愈心神不寧。「狼群從來就沒有找到過這間旅館。他們怎麼可能突然成了威脅？狼群甚至不常到蕨森林來！」

「可是⋯⋯可是有住客在附近看過他們⋯⋯」吉爾斯結結巴巴的說：「我還聽見有位住客在討論⋯⋯」

「夠了！」賀伍德先生大吼。

「可是，你們得相信我，」莫娜喊著，「如果你們是在介意瓊斯女士的事，那是因為我以為這裡歡迎所有的住客。」

「我們當然應該這樣，」賀伍德先生說，他的語調突然變得柔和，「而且從現在起，我們就會這麼做。我原本擔心身形小的住客在遇到身形大的住客時會有危險，可是我是個笨蛋，沒有花時間改善旅館的設備，反而訂了不對的規定。我們沒有藉口不做改變。」他停了一會兒之後，用更嚴肅的語氣說：「可是，我們還得討論另一件事。莫娜小姐，你沒跟我說一聲就離開，不僅打破了你對我的承諾，也破壞了我對你的信任。」

「我……我……」莫娜結結巴巴、試圖解釋。沒想到，提莉卻替她解釋了。

「不是她的錯！」提莉大喊，她跳了起來，不小心打翻一碗蜂蜜。「是我的錯！」

大家都又僵住了，這回連莫娜也是。提莉的尾巴抽動著。「莫娜離開是我的錯。我騙了她，我告訴她，她得離開，說她會被開除。」

　　「你真的這樣說？」賀伍德先生哼了一聲。「請你解釋清楚。」

　　「你的確得好好解釋！」希金斯太太說，她用力的揉著鼻子。

　　「我很抱歉！我覺得你遲早會選擇她，開除我。」提莉倒抽了一口氣。「莫娜把工作做得那麼好，她安撫了臭鼬夫婦和燕子，又解除了熊的危機……」

　　「真的嗎，親愛的？」刺刺女士很佩服的望著莫娜。

　　莫娜滿臉通紅的點點頭。

　　提莉繼續說：「真的，她說服大熊離開。我知道事情的真相，卻沒有告訴大家。她是個很好的服務生，比我還好。如果她說有狼，那我們應該要相信她。」

　　提莉的話讓所有人都安靜下來，只剩下蜂蜜啪答、

啪答、啪答從桌角滴下去的聲音。莫娜簡直不敢相信提莉替她說了什麼。她試著想要引起提莉注意，可是提莉沒有看她。

最後，賀伍德先生總算說話了，不過他不是對著莫娜或提莉說，而是看著天花板說，就像在跟旅館說話似的。「看來，狼群最終還是找到我們了。」

「不，他們還沒找到。」莫娜尖聲說：「現在還沒，可是他們會找到的，他們知道燈火的事。他們正在觀察森林，看哪棵樹會點燈，然後他們就會找來。除非我們先採取行動。」

「可是親愛的，我們能做什麼？」刺刺女士說。雖然她的聲音還是跟平常一樣冷靜，但她的刺全都豎了出來。「我們能怎麼辦呢？」

莫娜不知道，可是賀伍德先生知道。

「只要樹上的燈火沒點亮，他們就看不見了。」他宣布：「我們不掛燈籠了。」

「那派對要怎麼辦？點燃火爐的事呢？」希金斯太

太說。「我們所有的準備……住客都很期待……」

「不能生火，」賀伍德先生滿臉擔憂的說，「只要煙一升起，狼群就會注意到。」

「那食物呢？」刺刺女士說：「我的薑汁蛋糕？我的橡實舒芙蕾？」

賀伍德先生看起來愈來愈苦惱。「恐怕……也不能舉辦晚宴了，」他搖搖頭，「香味會引來狼群。」

「賀伍德先生，所以……不舉辦初雪節了嗎？」希金斯太太說，她的鼻子看起來更紅了。「先是夏天的節慶取消了，現在又……」

希金斯先生握住她的手掌安慰她，她感動得幾乎要露出笑容。

這個時候，賀伍德先生開口了：「停辦初雪節，這可不是開玩笑的。你們動作快一點，在所有住客起床以前，在他們房門底下放一張說明便條，告訴大家，計畫改變了。」

樹旅館 ♡

親愛的貴賓：

　　我們很遺憾的通知您：初雪節取消了。今天早上，我們將在宴會廳舉辦說明會，屆時將答覆您所有的疑問。

樹旅館　敬上

欺敵作戰計畫

供應早餐的時間都還沒到，宴會廳就已經擠滿了拿著說明便條的住客。

工作人員站在舞臺附近，住客則擠在房間中央，大部分的住客都還穿著睡衣、戴著睡帽。瓊斯女士拿著她的本子站在桌上，正在問另一位住客一些尖銳的問題，那是一隻愛講話的花栗鼠。西布莉正在安慰一隻很仰慕她的鼯鼠，鼯鼠非常失望無法聽她登臺演唱。薩茲伯里伯爵則是來回踱步，他的尾巴顫抖著，身旁的薩茲伯里夫人還戴著髮捲。「嘿，嘿，我的甜心，」她說，「你

不必太煩惱啊。」

　　可是莫娜的感受卻完全不同。今晚的慶祝活動取消了，但看見宴會廳早就裝飾得色彩繽紛，天花板掛著冬青漿果和蜘蛛網狀的雪花片，桌上鋪著葉狀蕾絲，感覺實在很奇怪。

　　賀伍德先生大步站上舞臺，掛在他頭頂上方的布旗寫著「**初雪節慶祝大會**」。他順了順領帶，清了清喉嚨。「各位早安，」他說，「如同您們所知，計畫改變了。我很遺憾的宣布，由於不可預知的意外，我們必須

　　將初雪節的慶祝大會延期。」

　　底下的住客立刻開始發問。

　　「究竟是為什麼呢？」那隻花栗鼠問。

　　「我就是為了這個活動來的耶！」鼴鼠抱怨。「我本來想要一直跳舞，跳到腳痛為止欸！」

　　「那這些裝飾是怎麼回事！」一隻小兔子說。

　　「對呀，賀伍德先生，你能說清楚一點嗎！」薩茲伯里夫人質問。

　　賀伍德先生拉了一下自己的長袍。「理由很……複

雜。但是我可以保證，您們會獲得補償。今晚我們將免費供應熱蜂蜜和橡實餅乾，大家也可以盡情玩樹旅館卡牌。」

「只有卡牌和餅乾？」花栗鼠大喊：「連塞牙縫都不夠！我要回家了！」

「我也是！不辦初雪節就不好玩了！」鼯鼱說。

「不！你們必須留下來！」賀伍德先生高喊：「外面不安全！」

「不安全？」鼯鼱尖叫著：「你說的是什麼意思？」

「我就知道，我就知道！」薩茲伯里伯爵喊著，他的尾巴又開始發抖。「我們要被攻擊了！是狼群！他們終於找到這裡來了。」

住客全都倒抽一口氣。

「他們不在這裡！」賀伍德先生說，試圖安撫所有住客。「可是他們……嗯……離這裡不遠了。」

他不該說這句話的。這下子，所有住客開始驚慌失措了，薩茲伯里伯爵的尾巴開始激烈搖晃，西布莉看起

來也很害怕。「我的翅膀還沒復原到可以飛欸！」她哀號著。瓊斯女士則在桌子上走來走去，拚命在本子上寫東西。

「你們必須留在這裡！」賀伍德先生說：「我們全都應該躲起來！」

「不！我們得逃走！」一位住客喊著。

其他在場的住客與員工也加入討論。莫娜的耳朵抽動著，她站在舞臺旁聆聽。可以選擇逃跑或躲起來……像她這種小動物可以選擇逃跑或躲起來，她已經這樣又逃又躲的一輩子了。她從樹旅館逃走，因為她害怕自己犯了錯，可是她很高興能幫瓊斯女士登記入住旅館，也幫了薩茲伯里夫婦的忙，和西布莉成為朋友也讓她感到驕傲。對她來說，能夠幫助昏昏更是最光榮的事了。她不想再逃跑，也不想再躲躲藏藏，她不希望狼群破壞這所有的一切，她希望能夠順利舉辦初雪節，她想要裝飾大樹……

就在她這麼想的時候，莫娜突然有了一個主意！這

個方法既可以裝飾大樹，**又可以趕走狼群**——是時候請昏昏還她一個人情了。

「風水輪流轉！輪到**狼群**該逃走或躲起來了！」莫娜興奮的大喊。

莫娜沒有意識到，自己脫口而出心裡的想法。不過她的確講出來了，而且真的非常大聲，大聲到蓋過其他動物的談話聲，也讓大夥兒把目光轉向她。「狼群？」「你剛才的話是什麼意思？」「你一定是在開玩笑！」就在這個時候，西布莉用她甜美的聲音堅定的說：「等一下！我想要聽聽莫娜怎麼說。莫娜，你有什麼計畫？」

於是，莫娜便向大家解釋。在她解釋的時候，動物們的眼睛都睜得大大的，變得亮晶晶的，因為莫娜的主意非常勇敢、非常聰明。

這一群動物往上游走時，蕨森林已是漆黑一片。當然，許多住客都安全的待在旅館裡（薩茲伯里先生躲在他房間裡），可是也很感謝有許多住客加入行列之中，

因為需要很多成員幫忙，才有辦法帶著所有燈籠一起往上游，到昏昏冬眠的大樹那邊。他們幾乎沒有交談，急忙的往前走，也只有小動物才有辦法這樣悄然無聲的迅速前進。他們帶了大把大把的薄荷葉，目的是要將一把把的薄荷葉，排在昏昏冬眠的樹上，來掩飾他的氣味，這也是莫娜計畫的一部分。

戶外很冷，不時颳起陣陣強風，空氣聞起來有雪的氣味。莫娜緊緊抓住還沒點燃的燈籠，燈籠劇烈的前後搖晃。風帶來狼群的嚎叫聲時，動物全都僵住不敢動，一直等到聲音消失，他們才又繼續前進。

他們終於來到大樹邊，停下了腳步。樹洞裡傳來一陣陣呼嚕呼嚕的打呼聲。

「我來叫醒他，」莫娜說，「我認識昏昏。」

大家都同意，賀伍德先生也是。

莫娜放下燈籠，快速穿過樹洞入口，潛進黑暗中，她周圍滿是毛皮、魚乾和莓果的氣味。她的眼睛很快就適應了黑暗，她知道自己就站在昏昏的鼻子正前方！

她倒抽了一口氣。

昏昏比她記憶中大太多了。

設想計畫是一回事，她也認為昏昏會同意自己的計畫。可是睡到一半被叫醒，他會不高興嗎？莫娜可就不確定了。

莫娜又倒抽一口氣。她大可以轉身掉頭，選擇逃走和躲藏，可是她沒有那麼做。

莫娜用最大的聲音說：「**昏昏，快醒醒呀！**」

昏昏的耳朵動了一下，可是他沒有張開眼睛。

「**昏昏，快醒醒呀！**」她又試了一次。

昏昏另一隻耳朵也動了一下，他的鼻子哼了一聲，然後繼續打呼。

莫娜把手伸進圍裙口袋，拉出一塊用樹葉包裹的蜂巢。蜂巢很黏，她帶這個來以備不時之需。「**昏昏，拜託快醒醒，我是莫娜啊！**」她第三度大喊。她用最大的聲音高喊，還舉著蜂巢。

昏昏的鼻子抽動著，他伸出舌頭用力一舔，把那塊

蜂巢吞進肚子裡，莫娜的手上都是口水。

「嗯，真好吃。」昏昏喃喃自語的說，眼睛眨了一下，然後完全睜開。他打了一個超級大呵欠，震得莫娜向後跌坐。

大熊昏昏欲睡的看著她說：「我的老天，是你欸……」

「我……很抱歉打擾你，昏昏，」莫娜結結巴巴的

說，「可是我需要你幫忙。」

莫娜試著跟昏昏解釋她的計畫，試了好幾次，因為昏昏一直邊聽邊睡。不過，等到昏昏終於聽懂整個計畫，他也覺得這個計畫很棒。「我一開始就是因為那些狼實在太吵，才不得不搬家。」他抱怨著。

昏昏特別喜歡賀伍德先生答應要送他更多蜂巢和莓果。賀伍德先生還說，在昏昏春天醒來以前，一定會先為他準備好這些東西。

莫娜退到樹洞外告訴大家，昏昏已經同意參與這個計畫。計畫的第一步已經成功了。接下來，把薄荷葉排在樹上很簡單了。不過，要把燈籠掛上樹就困難多了，強風一陣陣的颳著，吹得動物們很難在樹枝上保持平衡，當然就更難掛好燈籠。

核桃殼燈籠對莫娜來說太大了，她很難獨力掛好。所以，就由松鼠、花栗鼠和小鳥們負責把燈籠掛上樹枝。莫娜則負責最危險的工作——點亮燈籠。等大家掛好所有燈籠，莫娜小心翼翼保持平衡，來回穿梭在小

樹枝間，點亮每一根蠟
燭。火焰在風中閃爍，
奇蹟似的沒有熄滅。

　　沒有多久，只剩
下最後幾根蠟燭還沒點燃
了。莫娜希望自己能點燃每一根蠟燭，只是蠟燭很小，
很快就燃燒殆盡。如果狼群沒看見燈火，如果這個欺敵
計畫沒有奏效，就全都是莫娜的錯。所以她一直撐著，
點燃一盞又一盞的燈籠，直到最後一盞燈籠也亮起來為
止。

　　她總算完成了工作，吹熄手上的蠟燭，從樹上爬下
來加入大家。莫娜抬頭往上看，樹看起來實在太美了，
彷彿掛滿了星星。有那麼一瞬間，莫娜感覺自己不再是
一隻小小老鼠，而是像大熊一樣大，甚至跟樹一樣大。

　　「這不是樹旅館，不過這個方法也許管用，」賀伍
德先生點點頭說，「只要狼群也認為它是就可以了。」

　　正當賀伍德先生這樣說的時候，狼的嗥叫聲讓莫娜

嚇得跳了起來。**啊嗚──**

「快點過來！」賀伍德先生下令。樹上僅剩的幾隻動物立刻匆匆的從樹上溜進灌木叢裡，馬上就不見蹤影。

啊嗚──

狼嗥聲更大聲、更靠近了。

「停！」賀伍德先生又下了指令。「如果我們移動，會發出太多噪音。」

的確如此，可是他們該怎麼辦？已經沒有剩餘的薄荷葉可以掩蓋他們氣味。

「只要狼群朝樹那邊去，我們就安全了，」賀伍德先生說，「只要計畫成功……」

計畫會成功嗎？莫娜全心盼望。現在，狼群發出的聲音比剛才更大聲了……

啊嗚──

莫娜從灌木叢的枝枒縫隙向外看，她還看不見狼群，可是看得見昏昏的樹，在黑暗裡閃閃發光。

突然，她僵住了，因為閃閃發光的不只是樹，還有森林裡閃閃發光眼睛——是狼群黃色的眼睛。

他們隨時會發現那棵樹，也隨時都有可能看見樹上的燈籠。

可是糟糕的事情發生了。

颼！

一陣強風掃過森林，風大到不只拍打枝頭、捲走小樹枝，還強而有力「**咻**」的一聲，吹熄了樹上的燈籠。

莫娜奮不顧身

「噢，不！」莫娜低聲說。她瞪大眼睛看著賀伍德先生，賀伍德先生看起來也很驚恐。

提莉在發抖，她的尾巴不停擺動。「我們該怎麼辦？我們該怎麼辦？」她不停重複說著。

莫娜回頭盯著大樹看。所有燈籠都熄滅了，至少樹的左半邊是這樣，不過也許另外半邊還有些燈籠亮著。她沒辦法知道答案，因為就在那一刻，狼群溜進了小徑。

「我覺得剛才好像看見什麼東西了。」說話的正是

那隻把徽章掛在脖子上的狼——阿吼。他抬頭向上看，看見的是大樹暗的那一面，他搖搖頭。

「喂，不是吧，」另一隻狼說，「那只是你的幻想而已。」他充滿挫折的低吼：「這下子你讓我開始幻想了啦。我發誓，我聞到他們的味道了！」

另一隻狼也開始嗅著空氣中的味道。

「我也聞到了！我也聞到了！就在那邊！」狼的

鼻子轉向動物躲藏的灌木叢。他深吸一口氣。「這不是幻想！我聞到肉味了！還有毛的味道！是食物的味道！」

莫娜的心臟狂跳，賀伍德先生和提莉緊緊貼在她身旁，她感覺得到賀伍德先生正在發抖，也感覺得到提莉劇烈的心跳。

空氣裡都是狼群的嗅聞聲，他們隨時都有可能發現這群小動物。

雖然只有一絲微風，可是已經足以讓狼群發現他們的氣味，也足以晃動枝枒、讓閃爍的亮光忽隱忽現。燈籠！是燈籠的光！**大樹另一側的燈籠還亮著**！莫娜得想個辦法，否則狼群永遠看不見那些燈籠。

於是，她行動了。

提莉或賀伍德先生還來不及阻止她，莫娜就從樹叢裡衝了出去。

狼群立刻就看見她了。

「**嘿**！」一隻狼喊：「不准搶我的獵物！」

「不，那是我的！」另一隻狼喊著。

莫娜從來不曾跑得這麼快，就跟野兔一樣快，狼群緊跟在她身後。她跳過樹根、跨過掉落的小樹枝，重新站穩腳步後，莫娜跑到昏昏那棵樹的另一側。

這一側的燈籠還亮著，不過莫娜沒有停下來欣賞，一刻也不停的跳進樹洞，砰一聲跌坐到昏昏毛茸茸的身子旁。她成功了！她的呼吸又急又快，心怦怦跳。

昏昏睜開了眼睛，他剛剛又睡著了！「莫娜……」他開口說。

「噓，」莫娜說，「是狼。」她指著洞口輕聲的說。

「啊。」昏昏理解的點點頭，他們倆都豎起耳朵聽……

「亮光就在這裡！**就是這棵樹！**」其中一隻狼說。

「好像沒有我想像的那麼漂亮欸。」另一隻狼說：「也沒有我原本想像的那麼大。」

「小怕，已經夠大了。別再抱怨了！難怪我們會聞

到那些香噴噴的味道！我們到了！我們找到了！總算找到樹旅館了！」

「噓，噓，現在不可以太大聲啦，否則會被他們發現，我們得偷偷摸摸才行。」

「你是笨蛋嗎？拜託喔，那隻老鼠會警告他們的！」

「我聞不到任何獵物的味道耶，只有……薄荷味。」小怕抱怨。

「薄荷肉排，好吃！」另一隻狼說。

「算了吧，有燈火就對了。」

「沒錯，」另一隻狼說，「你看！門開著！來，小怕，我們兩個走最前面。」

莫娜緊貼著樹旁，屏住呼吸，從小小的樹節孔偷偷張望，看著兩隻狼悄悄溜進來。昏昏的毛豎了起來，接著……

「吼——」

昏昏的吼聲震動了整棵樹，從樹頂到樹根。

「啊！」「噢！」「喔！」兩隻狼往後摔倒在彼此

身上時喊著，他們瞪得大大的眼裡充滿恐懼。

「怎麼了？發生什麼事？」其他狼喊著。

可是這兩隻狼根本沒時間回應，因為昏昏出現了！這時候的昏昏，不再動作緩慢或是看起來頭腦不靈光，而是巨大又兇猛，用後腿站立，發出咆哮，讓狼群非常害怕。

昏昏繼續吼著，大掌不停揮打著。狼群目瞪口呆，嚇到無法反擊，只能哀哀叫著、縮著尾巴，然後……逃之夭夭！

狼群逃進森林，穿過小溪，直到逃進黑暗深處。

昏昏哼了一聲，放下前腳，滿足的發出咕嚕聲，緩緩走回洞穴。接著，昏昏又打了個很大的呵欠。

「哈！他們應該得到教訓了。」

「謝謝你，」莫娜說，「我保證不會再打擾你了。」

不過昏昏沒有回應，因為他已經又睡著了。

莫娜露出了微笑，突然也覺得好累。她很累，卻很開心，因為她想出來的計畫成功了。

找到真正的家

　　在真正的樹旅館裡，動物們開了一整晚的派對，蜂蜜流淌，不斷供應熱騰騰的鹽味橡實，火爐裡的柴火劈啪作響。賀伍德先生派湯尼去檢查，確認狼群已經真的離開才點火。不過即便如此，動物們還是特別留意不讓煙引起太多注意，派了兩隻烏鴉負責在煙囪上方看守，用翅膀搧掉冒出來的煙。

　　親眼看見狼群逃跑的動物們，一次又一次描述著那個奇觀，大家怎麼聽都聽不膩，有些住客甚至把這個故事寫在訪客留言本上。燈籠發揮了效用，他們之後還

得把燈籠收回來。不過不急著現在去，現在是慶祝的
時刻。

西布莉引吭高歌，刺刺女士跳著舞，
希金斯先生和希金斯太太分享著種子蛋
糕。希金斯太太的感冒總算痊癒了，雖
然她好像還是很累，也準備好進入冬
眠，好好休息一下。莫娜瞧見提莉在自
助餐點附近，於是走過
去想找提莉說話。她想知道早餐的時
候，提莉為什麼會為她挺身而出。

不過，在她找到機會之前，賀
伍德先生把她拉到一旁。「莫娜小姐，借一步說話。」

「賀伍德先生，有什麼事嗎？」她問。

賀伍德先生瞇起眼睛。
「你今天展現的勇氣與魄
力，跟我好久以前在一對老
鼠夫婦身上看見的一樣！」

「您的話是什麼意思？」莫娜的心臟開始狂跳。

賀伍德先生的目光變得柔和。「那是很久以前的事了。那時候，這間旅館的名字叫『蕨森林』，很少住客光顧，我開始懷疑，我們到底撐不撐得下去。一天，有場暴風雨來襲，就跟你抵達那天一樣。兩隻老鼠敲著旅館的門，他們全身溼透，身上也沒有錢，只有一個上頭刻了一顆心的行李箱。我讓他們進來，讓他們待在一個小房間裡，就是西布莉剛來的時候住的那一間房。瑪德琳小姐很愛刺刺女士的種子蛋糕，提摩西先生是一位很棒的雕刻家。因為外頭的風雪，他們待了下來。到了春天，他們準備離開了，為了表示他們發自內心的感激，所以提摩西先生刻了……」

「房間裡那顆心？還有門上那顆心？」莫娜脫口而出。

「是的，」賀伍德先生說，「沒錯，的確如此。」

「您覺得……您覺得他們是我父母嗎？瑪德琳和提摩西？」

「那我就不敢肯定了，可是我覺得是，發自內心這麼覺得。」他拍拍自己的胸膛。「是他們幫我設計了樹旅館的心形標誌。他們說，用心形做標誌，表示這是一家用愛心經營的旅館，為森林裡的動物提供溫暖庇護。」

莫娜倒抽了一口氣。她好驕傲！她的爸爸、媽媽不僅曾待過這裡，甚至幫旅館設計、刻出這麼具有巧思又隱密的招牌標誌！她情不自禁的擁抱著賀伍德先生。

「好了，好了，小傢伙，」他說，拍拍莫娜的頭，「剛才的事你知道就好。可是下一個消息也跟你有關，我要讓旅館裡的每一位都聽見我說的話。」賀伍德先生站上舞臺，希金斯太太就站在他旁邊，莫娜的思緒轉個不停。

所以，她的家人真的曾經住在樹旅館。她的行李箱……行李箱上面的心……就跟這裡的心一模一樣。可是，就在她想到這件事的時候，她想起來了……她的行李箱……她的行李箱不見了！她匆匆忙忙趕回來時，一定把行李箱掉在半路上了！

賀伍德先生的聲音打斷了她的思緒。「我有一件事要宣布，」他邊說，邊把領帶拉直，「莫娜小姐，你可以往前站嗎？」

　　莫娜不曉得發生了什麼事。她望著提莉，可是提莉聳聳肩，顯然也不曉得現在是什麼狀況。

　　儘管經歷了一整天大起大落的心情，又聽說了她家人的往事，在走上舞臺時，莫娜還是心跳加快。

　　「希金斯太太，麻煩你。」賀伍德先生說。

　　希金斯太太從口袋取出的不是其他東西，正是樹旅館的鑰匙。她把鑰匙傳給賀伍德先生，賀伍德先生咧嘴微笑，把鑰匙掛在莫娜脖子上。他聲音沙啞，說話時情緒激動而哽咽：「老鼠莫娜，這把鑰匙是你的。你是樹旅館忠誠又真摯的一員。」

　　鑰匙是木製的，頂端是心形，就跟她行李箱上的那顆心一樣。自從她有記憶以來，行李箱就一直不離身。可是，當她摸著脖子上的鑰匙，大家為

她鼓掌歡呼時，她知道自己已經不需要那個行李箱了，因為她也不打算去別的地方了。也許有誰會發現那個行李箱；也許行李箱將帶領他們去什麼特別的地方，就跟之前帶領著她一樣。她愈是思考這件事，就愈肯定，行李箱上的心是一個徵兆，尤其因為她父母也曾經待在這裡。**家就是心所在的地方**，莫娜心想。樹旅館真的是一個很棒的家。

當鼓掌聲和歡呼聲逐漸停下來的時候，原本站在桌子上，拿著一小杯蜂蜜的瓊斯女士突然舉杯開口說：「嗯，這算是首例。一開始我並不覺得合適，可是在這件事後，我必須說，這間旅館將獲得《松果日報》五顆橡實級的評價。」

這可引起了一陣騷動！原來瓊斯女士竟然是《松果日報》的評論員！不僅僅是賀伍德先生，**大夥兒**全都目瞪口呆了。

「可⋯⋯可是昆蟲⋯⋯」吉爾斯變得結結巴巴。

「⋯⋯絕對歡迎入住樹旅館。」賀伍德先生接著吉

爾斯的話說。「不論是大住客或小住客，我們通通都歡迎。我相信，樹旅館的昆蟲專屬房間需要重新裝潢改進，說不定瓊斯女士能好心的提供您的建議？」

「那是我的榮幸。」她說。

「現在，西布莉，如果您願意高歌一曲的話……」賀伍德先生說。他的話一說完，西布莉就再度站上舞臺，宴會廳裡迴盪著她吟唱新歌的歌聲。

這時候，莫娜注意到提莉不在。她不在餐廳，也不在迎賓大廳。她到哪裡去了？提莉的個性應該不會想錯過熱鬧才對。莫娜急急忙忙下樓，可是提莉不在廚房，也不在臥室裡。這時候，莫娜想到一個如果自己想要獨處會去的地方，於是立刻往樓上走。

往上、往上、往上……一路走到觀星陽臺。

室外的空氣很乾冷，明亮的滿月掛在天空中。一隻動物獨自坐在觀星陽臺，抬頭盯著天空。是提莉！她用大大的尾巴裹住自己。她在發抖嗎？還是她在哭？

莫娜試著靠近她一步。「提莉，你還好嗎？」

提莉看著莫娜，她眼睛周圍的毛濕濕的，她吸著鼻子說：「恭……恭喜，我是說……恭喜你得到鑰匙了。」

「謝謝。」莫娜說，她在提莉旁邊的椅子坐了下來，不曉得提莉接下來還會說些什麼。

「我還記得我第一次得到鑰匙的時候……我好傷心……」

「傷心？」莫娜非常驚訝。「為什麼？」

「我的家人……在到這裡來的路上，我失去了家人。我們計畫要來住這間旅館，可是在途中被一隻土狼攻擊，全家只有我逃脫。」提莉吸了吸鼻子。莫娜總算明白了，那就是提莉的傷，很深的傷痛。

提莉繼續說：「我找到旅館的時候，賀伍德先生可憐我，給了我一份工作。他讓我不必再到外面去，我終於有安全感了。可是，你來了。我很怕，怕你取代我的工作，我可能會失去我的新家。」

莫娜不敢相信自己聽到的話。她一直以為提莉不喜歡她，可是實際上卻不是這麼一回事。「可是，賀伍德

先生從來沒說過⋯⋯」

「我知道，」提莉說，「只是我已經擔心受怕了太久，自從我失去家人以來，我就很害怕。你知道嗎，我以前不是這麼愛生氣的⋯⋯」

「我甚至連自己的家人都記不得了，」莫娜輕柔的說，「可是我認識了你，我認識了這間旅館，我知道，你們現在就是我的家人。」她把手掌輕放在提莉的手掌上。

「真的嗎？」提莉說：「即使我對你做了這些事情？」

莫娜露出微笑。「大家都知道松鼠很麻煩，這不是你告訴我的嗎？」

提莉笑了，莫娜也跟著笑了起來。這時候，莫娜感覺到鼻子上有什麼東西冰冰刺刺的。她抬頭一看——

天空降下了星星。不，當然不是星星，是雪。小小的、閃亮亮的雪花正從天空中降落。

這是她在樹旅館度過的第一個初雪節。莫娜非常肯定，這一定也不會是最後一個。

松果日報

蕨森林裡的精品旅館

「雖然一開始感到有點不安，但是我依舊高度推薦樹旅館。不論是大塊頭的住客或體型嬌小的住客，樹旅館都很歡迎。我很高興的告訴大家，我就是一隻吃得飽飽，享有極佳住房體驗，感到十分舒適而滿意的昆蟲貴賓！」

——朱妮柏·瓊絲（《松果日報》評論員）

兔子棒球隊

成為樹旅館的一員

　　樹旅館需要應徵新的員工，你想到這個友善的工作環境，與大家一起享用種子蛋糕、喝熱蜂蜜嗎？　趕快填寫你的求職履歷，說不定很快就會成為小老鼠莫娜的同事喔！

樹 旅 館 ♡

姓名：＿＿＿＿＿＿＿＿＿＿＿＿＿＿＿＿＿

動物種類：＿＿＿＿＿＿＿＿＿＿＿＿＿＿

年齡：＿＿＿＿＿＿＿＿＿＿＿＿＿＿＿＿＿

請勾選您的專長：

□ 洗切蔬果　　□ 迎賓招待

□ 擦拭灰塵　　□ 整理床鋪

□ 掃地工作　　□ 守衛保全

□ 清洗工作　　□ 採摘莓果

□ 歌唱表演　　□ 行政管理

請提供自畫像

樹 旅 館 ♡

請簡單說明，為什麼您會想要到樹旅館工作？

_____

_____

_____

_____

_____

_____

_____

致謝

　　能完成這本書，要謝謝所有家庭成員的大力幫忙，我永遠感激你們。

　　謝謝爸爸、媽媽、我的兄弟、瑪莉，還有爺爺、奶奶的照顧。

　　謝謝我的朋友們，尤其是筆桿子（Inkslinger）寫作團體的成員：唐雅里歐德奇（Tanya Lloyd Kyi）、瑞秋德蘭妮（Rachelle Delaney）、克莉斯蒂高爾岑（Christy Goerzen）、雪儂歐基爾尼（Shannon Ozirny）、羅莉薛麗特（Lori Sherritt）、瑪音廓雷斯（Maryn Quarless），以及李艾德華弗帝（Lee Edward Fodi）、莎拉吉林罕（Sara Gillingham），還有我在寫作上的靈魂伴侶——維姬凡希可（Vikki Vansickle）。

　　謝謝優秀、體貼又仔細的編輯——羅騰瑪斯科維奇（Rotem Moscovich）、海得麗戴爾（Hadley Dyer）和蘇珊蘇德蘭（Suzanne Sutherland），以及迪士尼亥博（Disney Hyperion）、加拿大哈珀柯林斯（Harper Collins）了不起的出版團隊。能與史蒂芬妮‧葛瑞金合作，真是太幸運了，她讓樹旅館更加

活靈活現。

　　謝謝全世界最棒的經紀人艾蜜莉凡畢克（Emily van Beek），還有我的丈夫路克史班斯畢爾德（Luke Spence Byrd），他正在幫我蓋屬於我的樹旅館。

　　最重要的是：我的心與蒂芬妮史東（Tiffany Stone）以及她的家人同在，我會永遠感激。感謝老天，我們不必靠松鴉信差傳遞訊息！

XBSY0036

樹旅館 1 尋找真正的家
Heartwood Hotel: A True Home

作者｜凱莉‧喬治 Kallie George
繪者｜史蒂芬妮‧葛瑞金 Stephanie Graegin
譯者｜黃筱茵

字畝文化創意有限公司
社　　長｜馮季眉
編　　輯｜戴鈺娟、陳心方、巫佳蓮
特約編輯｜洪　絹
美術設計｜劉蔚君

讀書共和國出版集團
社　　長｜郭重興　發行人暨出版總監｜曾大福
業務平臺總經理｜李雪麗　業務平臺副總經理｜李復民
實體通路協理｜林詩富　網路暨海外通路協理｜張鑫峰　特販通路協理｜陳綺瑩
印務協理｜江域平　印務主任｜李孟儒

出　　版｜字畝文化創意有限公司
發　　行｜遠足文化事業股份有限公司
地　　址｜231 新北市新店區民權路 108-2 號 9 樓
電　　話｜（02)2218-1417
傳　　真｜（02)8667-1065
E m a i l｜service@bookrep.com.tw
網　　址｜www.bookrep.com.tw
郵撥帳號｜19504465 遠足文化事業股份有限公司
客服專線｜0800-221-029

法律顧問｜華洋法律事務所 蘇文生律師
印　　製｜中原造像股份有限公司

2021 年 9 月　初版一刷
2022 年 7 月　初版三刷
定價｜330 元
ISBN｜978-986-0784-44-2
書號｜XBSY0036

Heartwood Hotel : A TRUE HOME
Text copyright © 2017 by Kallie George. Illustrations © 2017 by Stephanie Graegin.
Published by arrangement with Folio Literary Management, LLC and The Grayhawk Agency.
Complex Chinese translation rights © 2021, WordField Publishing Ltd, a Division of Walkers
Cultural Enterprise LTD.

國家圖書館出版品預行編目（CIP）資料

樹旅館. 1, 尋找真正的家/凱莉.喬治(Kallie George)著；
史蒂芬妮.葛瑞金(Stephanie Graegin)繪；黃筱茵譯. --
初版. -- 新北市：字畝文化出版：遠足文化事業股份有
限公司發行, 2021.09
　　面；　公分
　　譯自：Heartwood hotel : a true home.
　　ISBN 978-986-0784-44-2(平裝)

874.599　　　　　　　　　　　　　　　110011523

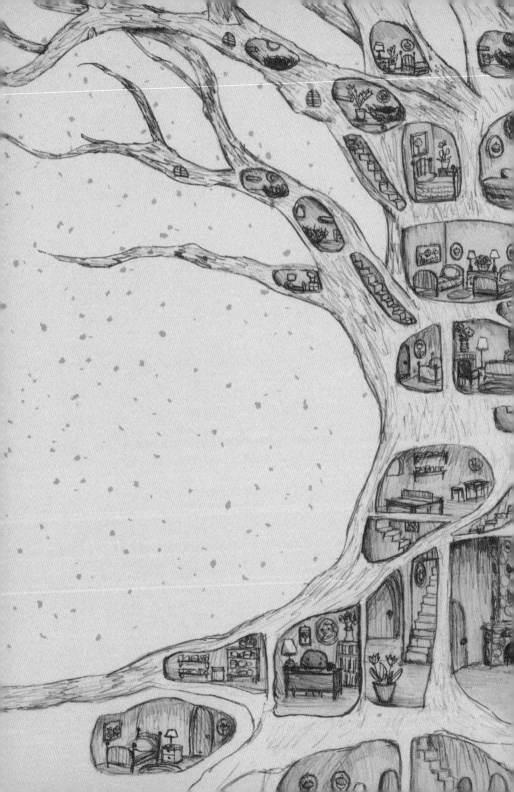

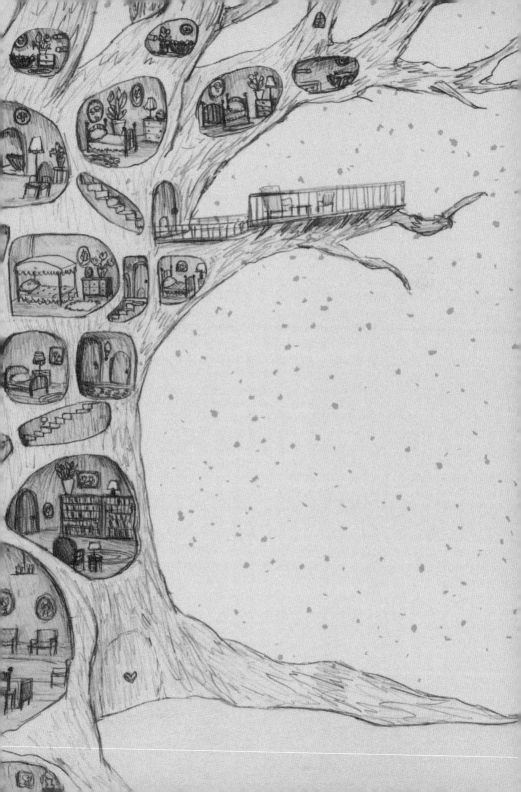